LA

FILLE DU RABBIN

PAR

PIERRE CŒUR

LABOR · OMNIA · VINCIT · IMPROBVS

PARIS

E. PLON ET Cⁱᵉ, IMPRIMEURS-ÉDITEURS

RUE GARANCIÈRE, 10

—

1876

Tous droits réservés

LA FILLE DU RABBIN

PARIS. — TYPOGRAPHIE DE E. PLON ET Cie, RUE GARANCIÈRE, 8.

LA

FILLE DU RABBIN

PAR

PIERRE COEUR

PARIS

E. PLON et Cie, IMPRIMEURS-ÉDITEURS

RUE GARANCIÈRE, 10

—

1876

Tous droits réservés

LA FILLE DU RABBIN

I

Aïn-Beïda[1] est le dernier poste avancé à soixante-dix ou quatre-vingts lieues au sud de la province d'Oran et confine presque au désert du Petit-Sahara ; les hivers y sont rigoureux, les étés brûlants ; la végétation nulle ou à peu près ; les ressources les plus élémentaires de la vie y font complétement

[1] Aïn-Beïda est un nom de pure fantaisie ; il signifie en arabe : *Fontaine éloignée*. Vingt villages, vingt postes en Algérie sont ainsi nommés. Le lecteur n'aura donc point à chercher dans quel lieu se passe l'action, qui n'est point un simple caprice de romancier.

défaut, et, comme il n'existe aucune route carrossable entre les rares centres de populations européennes qui soient en relation directe avec Aïn-Béïda, les transports s'effectuent, de l'un à l'autre de ces divers points, à dos de mulet et de chameau, genre de communication inconnu dans les pays civilisés et sujet à des accidents sans nombre. Parfois, surtout pendant la mauvaise saison, les convois retenus par des pluies torrentielles au bord des chots[1] sont contraints, afin de se livrer passage, de combler, avec des fascines dont ils se servent ensuite comme de ponts de bateaux, les lacs qui se forment en quelques heures, ou d'attendre l'écoulement et l'absorption des eaux ; il en résulte que les habitants d'Aïn-Beïda se trouvent, dans de telles occurrences, séparés momentanément du reste du monde, qu'ils manquent de pain, de vin, de café et de tabac, choses indispensables ou à peu près à l'existence.

[1] Chot, marais, petit lac.

Quant aux ressources morales et intellec-
tuelles, elles font défaut en tout temps. Il
existe bien à Aïn-Beïda un cercle militaire,
où sont admis les employés civils, abonné à
la *Revue des Deux Mondes* et aux principaux
recueils et journaux de la grande et même
de la petite presse ; mais grâce aux difficultés
des transports, à la rareté des arrivages, ces
revues et ces journaux parviennent à Aïn-
Beïda en si grand nombre à la fois, qu'on les
parcourt presque sans les lire, pour passer
plus promptement aux *dernières nouvelles,* et
qu'ainsi déflorés, les feuillets coupés d'une
main hâtive et souvent peu soigneuse, livres
et journaux sont abandonnés sans que l'on se
soucie de les explorer davantage.

D'ailleurs, dans les lieux où pèse l'ennui,
le marasme s'empare de vous à la longue ;
vous devenez indolent, paresseux, incapable
de soulever vos ailes ; l'existence matérielle,
bestiale, prend le dessus ; la contagion de
l'exemple de vos devanciers est là, fatale,

inexorable. Le matin vous vous éveillez en
bâillant, vous vous levez le plus tard possible ; vous n'accomplissez vos devoirs pro-
fessionnels qu'avec lassitude et parce qu'il le
faut ; vous tuez le temps, selon l'expression
vulgaire, entre le cigare et l'absinthe, et par
le désœuvrement et par la torpeur dont le
soleil accablant et le simoun sont les plus
puissants auxiliaires, vous glissez sur la pente
de la dégradation.

Quelques natures d'élite réagissent, il est
vrai ; mais celles-là sont rares et fortement
trempées. Consultez les officiers d'Afrique, et
ils vous diront ce qu'il leur a fallu de volonté
soutenue, de courage même, pour résister à
l'action dissolvante de ces fatalités : l'isolement, la chaleur et l'ennui. Peut-être pourrait-on rechercher dans ces causes le défaut
d'instruction, tant reproché à l'armée dans
ces derniers temps ; les facultés intelligentes,
la mémoire même s'atrophient dans l'oisiveté ;
on oublie jusqu'aux connaissances acquises

par de longues années d'étude, et l'on arrive à être justement classé parmi les non-valeurs.

Lorsque le lieutenant d'infanterie Léonce Maubert fut envoyé, au mois de mars 185., en qualité d'officier adjoint, au bureau arabe d'Aïn-Beïda, il connaissait de réputation le triste séjour qui allait devenir pendant plusieurs années, probablement, une des stations de son existence militaire ; cependant il ne s'effrayait point outre mesure de la perspective désolante d'une longue résidence dans un poste si peu habitable ; doué de beaucoup d'illusions et d'une certaine présomption, il pensait que, où d'autres pouvaient périr d'ennui, il trouverait assez de force et de ressources en lui-même pour braver les effets délétères de la forteresse et qu'il saurait s'occuper de telle sorte qu'il ne tomberait point dans le travers commun du constant *farniente,* du tabac et de l'absinthe.

Malgré tout ce qu'il avait pu prévoir,

Léonce, à l'aspect de sa nouvelle résidence, éprouva une déception cruelle. En fait de monuments, il n'existait, dans ce qu'on nommait improprement *la ville*, entourée de murailles et d'un large fossé de défense, qu'un hôpital militaire et une caserne, percés régulièrement de fenêtres étroites ; sur chacune de leurs faces, blanchies uniformément à la chaux, se reflétaient, avec une intensité insupportable aux yeux les mieux aguerris contre les réverbérations brutales, les rayons d'un soleil aux brûlantes ardeurs. Quelques maisons, celle du commandement, entre toutes, offraient seules une apparence de comfort relatif; les autres habitations n'étaient, pour la plupart, que des baraques en planches, des gourbis en torchis et en troncs de palmiers, des tentes même, d'un effet misérable et attristant.

Plusieurs cantines, cabarets ou débits de boisson ou plutôt de poison, le traditionnel bouchon de branches de houx en vedette à la porte d'entrée, indiquaient suffisamment aux rares passants et aux soldats la destination de l'établissement ; une boulangerie cumulant, avec la vente du pain,. celle de l'épicerie et des produits alimentaires les plus grossiers et les plus frelatés, représentait l'industrie et le commerce à Aïn-Beïda.

Gâté par un long séjour à Alger, cette Capoue de la colonie, que regrettent à jamais ceux qui l'ont connue, Léonce, en franchissant le mur d'enceinte de sa nouvelle résidence, embrassa d'un coup d'œil son ensemble et éprouva un serrement de cœur.

— Quoi ! se dit-il avec amertume, à vingt-huit ans être condamné à végéter dans un tel trou ! Et l'on appelle cela de l'avancement !

Le souvenir enchanteur d'Alger se dressa dans sa mémoire ; il songea à la mer si bleue dont les flots viennent mourir doucement, par les belles soirées de printemps, au bas de la place du Gouvernement, si gaie, si animée, couverte de promeneurs nonchalants et de jolies femmes des deux mondes; il revit, comme en rêve, les verdoyants ombrages de Mustapha et de la vallée des Consuls; puis, rappelé à la réalité par la voix d'un des spahis de son escorte qui lui indiquait le chemin, il exhala un soupir et baissa la tête sur l'encolure de son cheval, jusqu'au moment où ses guides, s'arrêtant devant la maison du commandement, lui dirent:

— C'est ici!

Il descendit de sa monture aussi harassée que lui-même, et, tout couvert de la poussière de la route, il fut, après avoir traversé deux ou trois pièces encombrées de justiciables indigènes du bureau, introduit auprès de son chef, le capitaine directeur des affaires arabes.

Celui-ci, assis sur un fauteuil élevé comme un trône, au centre d'une vaste table chargée de papiers, ayant à ses côtés son adjoint, son interprète et les stagiaires, expédiait les affaires avec la promptitude de décision d'un homme investi d'une grande autorité et préoccupé de tout autre chose que de la dignité et de l'importance de ses fonctions.

En apercevant son nouvel adjoint se présentant d'un pas incertain, le capitaine Bertin, à qui il était annoncé, comprit instantanément qui était Léonce, et en examinant avec rapidité et non sans une certaine curiosité la physionomie piteuse du lieutenant, il put à peine réprimer un sourire ironique, sans méchanceté toutefois.

— Je vois ce que c'est, ajouta-t-il, après lui avoir souhaité la bienvenue et serré la main, vous arrivez à l'instant, et l'aspect d'Aïn-Beïda a déjà produit son effet. Que voulez-vous? Nous en sommes tous là, mais on s'habitue à vivre ici, vous ferez comme chacun... et d'ailleurs... vous aurez pas mal de travail pour distraction.

Ces derniers mots furent accompagnés d'un nouveau sourire dubitatif qui fit réfléchir Léonce; puis le capitaine le fit asseoir auprès de lui, et il continua à donner audience à ses administrés. Au bout d'un instant, il tourna la tête du côté du jeune homme et lui dit :

— Savez-vous parler l'arabe ?

— Certainement, mon capitaine, répondit en cette langue le nouvel adjoint; s'il en était autrement, ce serait une honte pour moi qui suis en Algérie depuis quatre ans.

Le visage du capitaine et celui de son interprète eurent alors une expression de mécontentement qu'ils ne parvinrent à déguiser entièrement ni l'un ni l'autre, et qui n'échappa point à Maubert.

— Il paraît que cela les contrarie, pensa-t-il; j'aurais mieux fait de les laisser me supposer ignorant comme une carpe. Ma foi, tant pis ! mais je n'aimerai jamais mon chef, c'est là une éventualité fâcheuse que je n'avais point prévue.

A quelques minutes de là, le lieutenant Roy, que venait remplacer Maubert dans sa position d'adjoint, se penchait vers le capi-

taine et lui murmurait quelques mots à l'o-
reille; celui-ci fit un signe d'assentiment,
et Roy, s'adressant au nouveau venu, lui
dit:

— Le capitaine nous donne *campo*, allons-
nous-en ; on étouffe ici.

Aux premières paroles de son collègue,
Léonce, déjà prévenu en sa faveur par la
physionomie ouverte de celui-ci et par la
cordialité de ses manières, s'était levé, avait
salué le capitaine qui l'invitait à dîner pour le
surlendemain, et il suivait machinalement
Roy qui, à la sortie de l'audience, lui prit le
bras, le posa familièrement sur le sien, avec
une bonhomie qui fit une diversion heureuse
aux préoccupations de Maubert.

—Nous allons commencer, reprit Roy, par
monter chez vous ; vos bagages doivent y
être remisés, et vous avez besoin, j'en suis
certain, de vous débarrasser de la poussière
de la route et de changer de vêtements.

—N'y a-t-il point ici d'établissement de

bains? demanda Maubert en se laissant guider
par Roy.

Celui-ci s'arrêta court, regarda son compagnon avec un air de stupéfaction comique et
lui répondit :

— Un établissement de bains ! on ne connaît pas un tel luxe à Aïn-Beïda, mon cher
camarade; mais comme compensation à ce
petit désagrément qui ne choque que les
raffinés, je vous offre et vous cède, en toute
propriété, un immense baquet fabriqué avec
une moitié de tonneau et dont je me sers pour
mes ablutions quotidiennes; vous allez le
voir dans mon antichambre, qui devient la
vôtre, puisque mon palais, composé de deux
pièces et d'une terrasse, va vous appartenir.
Si dans la suite vous êtes en bons termes avec
le comptable de l'hôpital et les médecins, ils
pourront, de temps à autre, vous gratifier
d'un vrai bain, dans une véritable baignoire;
l'hôpital seul en possède deux ou trois.

— Quel pays! s'écria Maubert consterné.

— Plus affreux encore que vous ne le pouvez supposer, répliqua Roy ; il y a deux ans que je l'habite, et j'ai sollicité mon changement parce que je n'y tenais plus : je ne dois point posséder une grande énergie de caractère, car le spleen m'envahissait, et sauf à retarder mon avancement, j'ai voulu partir. Dame! je tiens avant tout à conserver le fils de ma mère. Quant à vous, il faudra vous habituer et vous soumettre à bien des misères. Vous n'ignorez pas ce qui se produit à bord des vaisseaux qui font de longues traversées : à force de voir les mêmes individus autour de soi, on les prend en grippe, presque en horreur. Dans l'étroite enceinte des murs d'Aïn-Beïda, l'effet semblable se produit ; on se déteste en général et en particulier. Mais nous voici à notre porte ; vous avez quinze marches à monter pour être chez vous.

Et Roy, indiquant à Maubert une sorte d'escalier de moulin que celui-ci commença à gravir, le suivit en continuant à causer.

Lorsqu'ils furent au faîte sur un étroit palier,
Roy poussa la porte entr'ouverte, et les deux
jeunes gens se trouvèrent dans une assez
vaste pièce, aux murs blanchis à la chaux,
sans aucune espèce d'ornement ; le baquet
dont Roy avait fait mention se trouvait dans
un coin ; au centre les malles, les cantines et
les bagages de Maubert gisaient pêle-mêle,
tandis qu'un soldat d'infanterie, qui s'était
mis au port d'armes dès qu'il avait aperçu les
deux officiers, attendait qu'ils lui donnassent
leurs ordres.

— C'est Jolivet, mon ordonnance, dit Roy
en désignant le soldat à Maubert ; je vous engage à le prendre à votre service ; c'est un brave
garçon, très-sage, très-discret, très-propre,
et duquel je n'ai jamais eu à me plaindre.

— Merci, mon lieutenant, dit Jolivet, dont
le regard étincela de satisfaction.

— Soit, répondit Léonce, je prends Jolivet ;
mais où vais-je trouver ce qu'il me faut pour
me débarbouiller ?

— Attendez, reprit Roy, vous n'avez pas vu tout votre domaine.

Il poussa doucement Maubert dans une seconde pièce et ajouta :

— Ceci est le cabinet de travail, le salon et la salle à manger ; si vous vous arrangez aussi, comme je l'espère, *de mon luxueux mobilier,* — et ne croyez pas que je plaisante, il est tel pour Aïn-Beïda, mais on est seigneur du bureau arabe, et à tout seigneur tout honneur, — vous aurez, ainsi que vous le voyez, le rarissime bonheur de posséder un divan, deux fauteuils, trois chaises, une armoire en noyer, une table et un bureau idem ; plus, dans la chambre à coucher, un lit de fer, un lavabo et un troisième fauteuil ; plaignez-vous donc ! personne ici, si ce n'est notre chef et le commandant supérieur, n'est aussi confortablement partagé.

— Et de plus, mon logement se compose de trois pièces, faveur réservée aux capitaines, dit Léonce en ébauchant un sourire un peu triste ; je dois, en effet, m'estimer heureux.

Il se laissa, en achevant ces mots, tomber sur une chaise avec un air de découragement si complet que Roy en fut ému. Il appela Jolivet, demeuré dans l'antichambre, pria Léonce de remettre à celui-ci les clefs de ses cantines et dit au soldat :

— Allons, Jolivet, vivement ; préparez tout ce qu'il faut au lieutenant pour faire sa toilette ; apportez son uniforme numéro 1, posez-le sur le lit, que vous dédoublerez quand nous serons sortis, afin que je puisse coucher ce soir quelque part, et dans lequel vous mettrez des draps blancs pour votre nouveau maître. A propos, continua-t-il en s'adressant à Léonce, en avez-vous, des draps ?

— Certainement, répondit Maubert ; Jolivet les trouvera par là, dans mes cantines.

Dès que Jolivet se fut retiré après avoir exécuté les ordres de Roy, Léonce se mit à

procéder à sa toilette, tandis que son collègue
continuait à le mettre au courant des habitudes et des mœurs de l'endroit.

— Quelle existence je vais avoir ici ! dit
Maubert ; je n'y connais personne, et qui pis
est, je ne suis pas très-liant. Avec vous, et
grâce à votre entrain, je me suis trouvé à
l'aise dès d'abord ; mais vous allez partir, que
deviendrai-je ?

— Ne pas être liant n'est pas une mauvaise
condition ici, repartit Roy, et comme vous
me paraissez doué d'un caractère sûr, je veux
vous mettre en garde contre tous les écueils ;
si vous m'en croyez, vous userez de prudence
envers chacun ; étudiez bien le terrain avant
de vous livrer avec qui que ce soit ; puisque
vous êtes calme, froid, peu communicatif, la
chose sera facile. Il n'y a que deux manières
de vivre dans ce trou : s'isoler en travail-
lant ferme, en ne s'occupant que de sa
profession ; mais vous n'aurez pas cette res-
source, le capitaine veut tout faire par lui-

même, ou par et avec son interprète, je vous dirai pourquoi; il ne faudra donc vous occuper du bureau arabe que dans les limites exactes de votre devoir, et travailler chez vous et pour vous; ou bien vous abrutir au cercle comme la majorité de l'état-major, en jouant, en buvant de l'absinthe, en écoutant et en faisant des histoires sur les uns et sur les autres jusqu'au moment où il en résulte des altercations et mille désagréments; ici, on est aussi bavard qu'indiscret. Non, l'existence d'Aïn-Beïda n'est pas agréable; cependant, si vous avez le goût de l'étude et surtout celui des sciences naturelles, vous pourrez peut-être supporter patiemment la durée de votre stage dans cet abominable poste.

— Pourquoi, reprit Léonce intrigué, pensez-vous que je ne doive point m'occuper des affaires arabes? C'est dommage, j'espérais, dans mes loisirs, continuer avec succès mon étude de la langue du pays.

— Il eût été préférable pour vous d'en

ignorer le premier mot, répondit Roy ; le capitaine est très-jaloux de son autorité parce
qu'Aïn-Beïda est un bon champ qu'il exploite
à son profit ; l'interprète, son âme damnée,
ramasse les bribes qu'il dédaigne, ou lui
abandonne pour obtenir son silence, vous me
comprenez? Le jour où vous verriez ostensiblement clair dans ces tripotages, on vous
rendrait la vie si dure que vous seriez contraint de donner votre démission ; fermez les
yeux, n'ayez aucune relation d'affaire ni de
plaisir avec les indigènes, ne les employez
point à votre service ; votre tranquillité est à
ce prix, et souvenez-vous bien de ceci : les
gros bonnets sont à Aïn-Beïda pour s'y enrichir ; ce but leur fait prendre en patience
leur exil ; le menu fretin, comme nous, pour
y pâtir. Il n'appartient à personne de modifier
cette situation ; il faut la subir et se taire. Il
est impossible que dans les réunions d'officiers, à Oran et à Mascara surtout, vous
n'ayez point entendu parler des fortunes

scandaleuses acquises pendant leur séjour ici
par MM. X, Y, Z.

— J'en ai entendu parler, en effet, mais je
n'y croyais pas[1].

— Bon et naïf jeune homme, reprit Roy
en riant, dans trois mois vous n'en douterez
plus.

Durant cette conversation, Léonce avait
fait sa toilette; en jetant, au moment de
sortir, un dernier coup d'œil sur son miroir,
il dit à Roy:

— Et la société? et les femmes?

— La société? répondit celui-ci, il n'y en
a point à Aïn-Beïda; on ne fait que la visite
officielle à ses chefs, en arrivant et en partant;
mais, en dehors du cercle, il n'est pas un lieu
de réunion, pas une maison où l'on puisse
entretenir des relations quelconques; les
officiers mariés se gardent bien d'amener leur
famille; la femme du commandant supérieur,

[1] L'administration des bureaux arabes a été entièrement
modifiée et refondue, et il est bien entendu que ce récit ne
fait aucune allusion à des personnages connus.

de même que celle du médecin en chef de
l'hôpital, habitent Oran. Que feraient-elles
ici, mon Dieu! Un capitaine du détachement
. de zéphyrs a eu la malencontreuse idée de se
faire accompagner de sa smala, une femme
et trois enfants ; ils logent à la caserne dans
deux petites chambres qui servent à tous les
usages ; si vous entrez là-dedans, vous voyez
un tohu-bohu dont l'aspect serre le cœur ; la
mère, en camisole et en jupon, lave ou re-
passe du linge auprès d'une cheminée dans
l'âtre de laquelle bout le pot-au-feu et chauf-
fent les fers à repasser par cette chaleur tro-
picale ; les trois quarts du temps elle manque
de savon pour blanchir ses nippes et débarbouiller ses marmots ; elle est donc de mauvaise humeur, triste, maussade, en proie à la
gêne ; la marmaille emprisonnée dans un
étroit espace crie, pleure, geint, se cha-
maille ; la mère gronde, et le mari ahuri se
sauve au cercle ; tel est le seul intérieur que
je connaisse. En dehors de cela, le beau sexe

n'est représenté que par la mère Poulachon, la cantinière, une bonne créature s'il en fut. Mais elle a cinquante-six printemps au moins, et autant d'hivers, qui ont laissé pas mal de givre dans sa chevelure, et ses lèvres sont ornées d'une paire de moustaches à faire frémir un cuirassier. Il y a aussi la boulangère, trente-huit ans, haute en couleur et buvant sec ; de plus, elle est Italienne, et son mari est jaloux de tout le monde, excepté de son mitron, un gars qui passe pour surveiller activement sa maîtresse et collaborer avec son patron dans toute autre matière que la panification.

— Ce que vous m'apprenez est effroyable, s'écria Maubert, et dût toute ma carrière en souffrir, je ne resterai point ici.

— Vous aurez tort, reprit froidement Roy ; j'y ai passé deux ans, je ne m'en porte pas plus mal, et j'y ai appris bien des choses qui vont me rendre ailleurs l'existence plus douce et plus heureuse.

— A quel prix ! murmura Maubert.

— Bah ! quand c'est passé, on n'y songe plus.

— Philosophe !

— Je ne l'étais guère lorsque je suis arrivé, mais je le suis devenu, et j'y ai gagné.

— Puissé-je en dire autant quand je m'en irai ! reprit Léonce en soupirant.

Ils arrivaient devant le jardinet qui précède le cercle.

— Attention ! dit Roy en souriant ; vous allez voir la plus jolie collection d'abrutis qui se puisse trouver sous le ciel.

Puis il ouvrit une porte et fit passer son compagnon devant lui ; ils pénétrèrent alors dans une vaste antichambre, au centre de laquelle, auprès d'une table couverte de flacons, de bouteilles et de verres, un homme demi-bourgeois, demi-manant, donnait ses ordres à deux domestiques d'assez mauvaise mine.

Dès que le patron aperçut les nouveaux

venus, il quitta la table et s'empressa au-devant d'eux.

— Que faudra-t-il vous servir, mon lieutenant ? demanda-t-il à Roy avec une obséquieuse servilité.

— Rien du tout, répondit Roy, et mon camarade, je l'espère bien, ne sera point une recrue pour votre officine d'empoisonnement.

Habitué aux brusqueries et aux facéties de MM. les officiers, le sieur Lamer, propriétaire et administrateur du cercle, se retira derrière son comptoir en souriant d'un air paterne, et Roy, suivi de Maubert, traversa sans s'y arrêter cette première pièce, et ouvrit une seconde porte qui donnait accès dans la grande salle du cercle où se trouvaient réunis, en ce moment tous les membres de l'état-major que ne retenaient point ailleurs les exigences du service.

Lorsque les deux jeunes gens pénétrèrent dans cette salle, une odeur très-prononcée de tabac, d'absinthe et d'alcool saisit Mau-

bert à la gorge, tandis qu'une intense fumée
de pipe et de cigare lui fit baisser les paupières.

— Quelle tabagie ! murmura-t-il en aparté.

Quand il put lever les yeux et s'orienter
du regard dans cette atmosphère épaisse, il
aperçut, autour d'une table recouverte du traditionnel tapis vert et chargée de livres et de
journaux, une douzaine de jeunes officiers
lisant attentivement sans que le bruit des conversations des autres assistants parût les
troubler.

Cependant le tapage était à son comble ;
les interpellations, les interjections, les voci-
férations mêmes se croisaient de toutes parts
avec le choc des couteaux contre les verres
pour appeler les domestiques, qui, selon leur
habitude, ne se pressaient pas trop.

— *Une absinthe !* criait l'un ; et comme il
n'était pas servi aussi rapidement qu'il le
souhaitait, il reprenait plus haut : Allons,
clampin, m'avez-vous entendu ? vivement !

— Deux petits verres de chartreuse ! répli-
quait un second.

A l'autre bout de la salle on criait :

— Tonnerre ! j'ai perdu !

— Banco !

— Quinte et quatorze, je gagne !

— Je suis ensorcelé aujourd'hui ! Je passe
la main ; quelqu'un pour me remplacer !

— Messieurs, dit, d'une voix qui dominait
le tumulte, Roy s'adressant particulièrement
aux jeunes officiers placés autour de la
table, veuillez remarquer que je ne suis point
seul et m'accorder une minute d'attention ;
je vous amène et je vous présente notre camarade le lieutenant Maubert, mon successeur au bureau arabe.

Instantanément le silence se fit ; les parties
engagées furent suspendues, car l'arrivée
d'un nouvel habitant était un événement ma-
jeur, et chacun voulait se rendre compte de
la physionomie de l'inconnu qui allait apporter sa dose d'ennui ou de distraction à la vie

commune, et son contingent effectif à l'une des coteries qui divisaient sourdement ces messieurs.

— Il a l'air d'un bon garçon, dit un capitaine de turcos à son voisin.

— Bon ! repartit celui-ci en se penchant vers un médecin, voilà Landry qui pense déjà à accaparer la recrue.

— Il en est bien capable, répondit le docteur ; c'est sa manie, vous le savez, de se jeter à la tête des arrivants.

Chacun communiquait ses impressions à celui qui se trouvait le plus rapproché de lui ; mais Maubert, objet de l'attention générale, n'en paraissait ni surpris ni embarrassé, et répondait avec calme aux questions que lui adressaient les jeunes officiers qui s'étaient levés à l'appel de Roy et les entouraient tous deux.

— Quelle était votre résidence avant d'être désigné pour Aïn-Beïda ? demanda à Maubert un sous-lieutenant de spahis dont les manières

distinguées étaient accompagnées d'un air de
profond ennui et de complète lassitude.

— J'étais stagiaire au bureau arabe d'Alger, répondit Maubert ; j'y ai commencé mon
apprentissage de la vie d'Afrique, et je crains
bien d'avoir à le refaire ici moins gaiement.

— Avez-vous séjourné à Oran avant d'arriver parmi nous ?

— J'avais une permission d'un mois, je l'y
ai passée.

— Heureux homme ! reprit le spahis.
Alger, Oran, les bonnes villes où l'on prend
des bains de mer et où l'on peut se procurer
de la glace ! Eh bien ! vous n'avez pas gagné
en venant ici.

— Oh! vous, Lacombe, vous êtes un aris-
tocrate, et vous vous plaignez sans cesse, répliqua Roy ; mais je vous engage à ne point
dégoûter Maubert d'Aïn-Beïda plus qu'il ne
l'est déjà, car il est capable de solliciter son
changement avant même d'entrer en fonction.

— Et vous, quand partez-vous? dit le spahi.

— Demain!

— Alors nous n'avons que le temps de vous offrir ce soir le punch d'adieu.

— Soit! mais il est bien tard.

— Cinq heures! c'est vrai, reprit le spahi Lacombe. Bah! on contraindra le sieur Lamer à s'activer et à se distinguer; nous ferons d'une pierre deux coups : votre punch d'adieu sera le punch de bienvenue de votre successeur.

— C'est cela! répondirent à l'unanimité les jeunes gens.

— Fort bien! messieurs, arrangez-vous comme vous l'entendrez, répondit Roy, nous n'avons point à nous en occuper, Maubert et moi; et maintenant, je vais le présenter aux vieux, continua-t-il plus bas en désignant du geste les capitaines et les autres officiers qui se trouvaient à l'extrémité de la salle.

Il entraîna Léonce de ce côté, et, la présentation terminée, ils quittèrent le cercle et allèrent déposer leur carte aux domiciles respectifs du commandant supérieur et des fonctionnaires militaires.

— Demain, au rapport, à neuf heures, dit Roy, le capitaine Bertin vous présentera officiellement au colonel X..., le commandant supérieur; vous verrez ensuite le commandant de place; pendant les jours qui suivront on vous fera reconnaître par les chefs arabes et tous les mamamouchis de la circonscription; ensuite de quoi, vos corvées seront terminées. A présent, allons dîner; à la *popotte*, on n'attend personne; nos camarades doivent déjà y être réunis; je pense qu'après mon départ, vous continuerez à manger avec eux.

— Assurément, répondit Maubert.

— Vous ferez bien, reprit Roy; on accuse les officiers des bureaux arabes de se séparer de l'armée et d'être aristocrates, il faut prouver le contraire. Mais, ainsi que je me suis

permis de vous le recommander, gardez-vous
des habitudes de fainéantise et d'absinthe, et
si vous éprouvez, plus tard, le besoin de vous
lier plus particulièrement avec quelqu'un,
tâchez que ce soit Lacombe qui devienne
votre ami; c'est le meilleur et le plus solide de
tous ceux qui sont ici, bien que la sobriété
lui fasse souvent défaut.

— Merci de l'avis, répliqua Léonce; je n'ai
le cœur disposé à aucune liaison; j'ai laissé à
Alger des amis que je regrette... Ah! si vous
restiez, ce serait différent.

— Oui; mais comme votre présence exclut
la mienne, il est inutile de songer à des im-
possibilités... Nous voici arrivés à la porte de
la pension; ne soyez pas trop maussade pendant le dîner, cela ferait mauvais effet.

Léonce se retrouva à table avec la plupart
des jeunes officiers avec lesquels il avait fait
connaissance au cercle, et Roy eut l'attention
de le placer auprès du sous-lieutenant Lacombe.

Le dîner se passa assez gaiement, grâce à l'entrain réel des uns, à la bonne volonté des autres; puis on regagna le cercle, où, vers dix heures, le punch annoncé réunit au complet l'état-major.

Maubert fut présenté au commandant supérieur, qui ne lui plut pas davantage que le capitaine Bertin.

Quand on se sépara à une heure fort avancée de la nuit, Léonce remarqua qu'un bien petit nombre des assistants était de sang-froid.

— Pourvu que je n'en arrive jamais là! pensa-t-il.

Puis il interrogea Roy sur les occupations journalières qui l'avaient préservé de tels excès.

— Je passais une partie de mon temps à dessiner et à faire de l'aquarelle, répondit-il, et je crois, ma foi, avoir acquis un assez joli talent.

— Moi qui n'en possède aucun, comment ferai-je? répliqua Léonce.

— Bah ! vous avez bien dans votre sac un goût un peu prononcé pour quelque art ou quelque science, qui vous sauvera de l'ennui.

En devisant ainsi, ils arrivèrent chez eux ; Roy s'étendit sur un matelas préparé par Jolivet, et Léonce prit possession de son lit ; mais tandis que son camarade prouvait par une respiration égale et cadencée qu'il jouissait dans un calme profond des douceurs du repos, Maubert, en proie à une invincible tristesse et agité outre mesure, ne ferma point les yeux.

Jusqu'alors l'existence de Maubert avait été heureuse, dans sa médiocrité ; il possédait du chef de sa mère une quinzaine de mille francs de rente, ce qui lui permettait de vivre assez largement partout et de satisfaire ses fantaisies, modestes d'ailleurs.

S'il n'avait pas connu les tendresses de l'amour maternel, sa mère étant morte lorsqu'il était encore au berceau, l'affreuse douleur de la perdre à l'âge où l'on comprend et où l'on apprécie un tel malheur lui avait été épargnée.

Son père, admirateur du positivisme, adepte fervent du matérialisme, imbu des doctrines détestables auxquelles nous sommes en partie redevables de nos douleurs et de nos hontes, aurait trouvé, avant la lettre, s'il eût eu voix délibérative au conseil, la fameuse et désolante proposition : « *L'idée de Dieu, ne répondant à aucune connaissance appréciable, doit être écartée de l'enseignement* » ; et il avait élevé son fils dans les idées qu'il préconisait lui-même.

Athée et matérialiste à vingt ans, Léonce entrait donc à peu près désarmé dans la vie, car l'armure la plus solide et la mieux trempée est toujours une foi religieuse quelconque ; seule elle aide à supporter dignement les épreuves de l'existence et à conserver dans l'adversité des vues élevées, des sentiments droits.

A l'école de Saint-Cyr, Maubert n'avait eu

à développer ni à appliquer ses théories ; plus
tard, au régiment, il ne s'occupa guère de
philosophie, et à Alger, au bureau arabe,
l'étude d'un pays nouveau, les plaisirs d'une
ville enchanteresse ne lui laissèrent que peu
de loisirs.

Les passions humaines l'avaient effleuré
sans l'atteindre profondément ; de la vie, il
n'avait sucé que le miel, il ne se connaissait
pas encore lui-même lorsqu'il arriva à Aïn-
Beïda, et il ignorait entièrement où pourraient
le conduire, avec ses principes et les dispositions d'esprit et de cœur dans lesquelles il
se trouvait, une passion violente ou seulement
un désir excessif.

Après s'être tourné et retourné désespé-
rément sur sa couche, il se leva sans bruit,
alluma une cigarette, se dirigea vers l'escalier
de la terrasse qui dominait la maison, et sur
laquelle il monta ; puis il s'accouda sur le
mur dont elle était entourée. Le crépuscule,
précurseur de l'aurore, durait encore ; l'at-

mosphère, déjà lourde et tiède, présageait une journée d'accablante chaleur; le jeune homme essayait machinalement de percer du regard l'obscurité qui s'étendait devant lui.

Peu après cette obscurité s'éclaira d'une teinte lactée uniforme, et tout à coup, déchirant ces voiles, le soleil, émergeant des nuages, apparut radieux, resplendissant, au centre d'une irradiation lumineuse et vermeille sur ses bords.

Au même instant, la voix grave d'un moëdden retentit mélodieusement dans le silence. Léonce chercha des yeux le minaret du sommet duquel s'élançait cette voix qui venait de produire en lui une commotion si étrange et si douce; il l'aperçut dans le lointain, bien au delà des fortifications du mur d'enceinte; et contemplant tour à tour le ciel, le désert et les montagnes dans une muette extase, il tomba dans une rêverie mélancolique et non sans charme en se disant :

—Et pourtant, mon Dieu, une immense poésie est attachée à ta création.

La clarté vive, intense, se produisait de toutes parts; les sables de la plaine immense ressemblaient à une nappe d'or; les rocs des montagnes étincelaient comme des blocs de pierreries. Léonce, ébloui, baissa les yeux; en les relevant quelques minutes après, il vit sur une terrasse en face de la sienne une forme blanche, svelte et gracieuse qui prit pour lui l'aspect d'une apparition surhumaine.

La forme se débarrassa du long vêtement blanc qui l'enveloppait tout entière, et Maubert put admirer un visage de jeune fille dont la beauté orientale, dans son acception la plus pure, contrastait avec l'indigence de ses vêtements presque misérables; elle n'avait point encore constaté la présence du lieutenant et allait et venait sur la terrasse avec une insouciance enfantine, regardant du côté opposé à celui où se trouvait Maubert.

3

Tout à coup, elle se dirigea vers l'escalier
comme si elle voulait s'en aller et fit un mouvement d'épaules d'un air dépité; presque
aussitôt une nuée de moineaux — il s'en
trouve dans tous les pays — abandonna les
toits voisins et vint s'abattre autour d'elle.

— Ah! vous voilà, méchants ingrats, leur
dit-elle en arabe d'une douce voix; vous mé-
riteriez de n'avoir point votre déjeuner ce
matin; mais je vous aime tant que je vous
pardonne. Tenez, tenez!

En disant ces mots, elle émiettait dans ses
mains mignonnes du pain qu'elle jetait en l'air,
tandis que les oiseaux familiers, qui paraissaient parfaitement accoutumés à cette ma-
nœuvre, saisissaient au vol leur pâture en
poussant des pépiements joyeux.

Lorsqu'elle eut à peu près épuisé sa provision, la jeune fille plaça entre ses lèvres les
dernières bribes de son pain et se tint immobile jusqu'à ce qu'un moineau plus hardi que
les autres vînt s'en emparer; elle recommença

à diverses reprises ce joli manége qu'admirait Maubert ; puis, lorsqu'elle eut épuisé ces bribes, elle appela les moineaux, qui se posèrent sur ses bras, sa tête et ses épaules, où ils se mirent à faire, sans la moindre crainte, leur toilette matinale.

— Quel gracieux spectacle ! se dit Léonce ; cette jeune fille est ravissante ; c'est à croire que l'indigence de ses vêtements fait valoir sa beauté.

En ce moment une voix rauque et brisée se fit entendre de l'intérieur de la maison en criant :

— Rahel !

La jeune fille tressaillit comme si elle était prise en faute, et cependant ne bougea pas. Au même instant une tête se montra au faîte de l'escalier, puis une vieille femme surgit et s'avança sur la terrasse.

A la voix de cette créature sordide et laide, les moineaux, qui semblaient la connaître et la redouter, s'étaient enfuis à tire-

d'aile en jetant des cris d'effroi ; mais leur
départ ne fut point assez rapide pour que la
vieille ne les aperçût.

— Te voilà encore avec tes vilaines bêtes,
Rahel ! dit-elle.

— Je ne fais pas de mal, ma mère, répondit
celle-ci.

— Est-ce donc bien faire que de perdre
du pain en le jetant à ces bestioles quand
nous en avons si peu pour nous ?

— Je le prends sur ma part, répliqua Rahel, je ne prive donc personne.

— Et tu manges davantage au repas sui-
vant ; c'est absolument comme si tu rognais
la portion de ton père ou la mienne.

Maubert, qui ne perdait pas un mot de ce
dialogue, était révolté et se contenait à peine
pour ne point intervenir, en jetant à la vieille
une pièce de monnaie d'une valeur cent fois
égale au pain distribué aux oiseaux.

— Oh ! reprit Rahel, confuse, en baissant
la tête comme une coupable.

La vieille femme, en explorant du regard les maisons environnantes, avisa Maubert qui, pour éviter d'être remarqué, s'était retiré à l'angle le moins apparent de sa terrasse.

— Un officier, un Français, un Nazaréen, murmura-t-elle avec un accent effaré; Rahel, allons-nous-en : je te défends de revenir ici sans moi.

— Et mes oiseaux, mes pauvres oiseaux, que deviendront-ils? s'écria Rahel désolée.

Sans se préoccuper du chagrin de sa fille, la mère la prit par la main et l'entraîna vers l'escalier ; cependant Rahel, trop attentive aux faits et gestes de ses moineaux d'abord, ensuite à l'admonition de sa mère, n'avait point encore vu Maubert; avant de quitter la terrasse, mue par un sentiment de curiosité bien naturelle, elle se retourna, et leurs yeux se rencontrèrent au moment même où elle allait descendre, derrière sa mère, le premier degré de l'escalier.

Les scènes dont il venait d'être témoin avaient vivement impressionné Léonce; il demeura quelques minutes encore plongé dans ses réflexions, puis il rentra dans sa chambre comme son camarade s'éveillait.

> — Quand on fut toujours vertueux,
> On aime à voir lever l'aurore,

s'écria Roy en riant et en s'étirant les bras. Vous n'avez donc pas dormi, pour être aussi matinal?

— Je n'ai pu, répondit-il, fermer les yeux de la nuit; ce punch, cette veille prolongée, la chaleur m'ont agité outre mesure, et je suis allé sur la terrasse dans l'espoir d'y trouver un peu de fraîcheur.

— Et vous n'avez rien vu d'extraordinaire sur cette terrasse? demanda Roy qui s'habillait.

— Si, répliqua Maubert en feignant de chercher quelque objet sur une table afin de dissimuler son embarras, un horizon splendide et un merveilleux lever de soleil.

— Et en fait de créature humaine ?

— Pas un chat.

En mentant ainsi, Léonce ne se rendait pas précisément compte du sentiment qui-le faisait agir. Rougissant en lui-même de son innocente forfaiture envers son nouvel ami, il allait peut-être se rétracter par un de ces tours adroits dont notre langue est si riche ; mais Roy ne lui en laissa pas le temps.

—C'est que, lui dit-il, vous avez pour voisine d'en face une incomparable beauté, fille du pauvre rabbin Isaak, vertu farouche, dit-on, et que l'on ne peut voir, une première fois surtout, sans être ébloui, fasciné ; mais on s'habitue vite à ces beautés orientales qui se ressemblent toutes, dont la physionomie placide est fatigante et qui pèchent en général par un manque complet d'expression. Pour moi, je n'ai jamais été épris de la belle Rahel, pour laquelle ont soupiré sans succès bon nombre de nos camarades.

— Pourquoi me disiez-vous donc hier que l'élément féminin fait défaut à Aïn-Beïda, puisque vous me parlez ce matin de mademoiselle Rahel et de sa beauté?

— Parce que je ne songeais point aux femmes indigènes qui ne comptent pas et avec lesquelles il est dangereux de badiner. Dans vos tournées administratives, vous verrez dans les tribus des créatures parfaites de formes et de traits; regardez-les comme vous regarderiez de belles statues, mais ne vous avisez pas de leur faire les yeux doux; d'abord, elles ne nous aiment guère; ensuite, toute maison indigène, arabe ou juive, toute tente est un guêpier dont il faut se garer, sous peine de voir l'essaim entier vous poursuivre de ses piqûres; et, d'ailleurs, tout cela est pauvre, malpropre, sordide, ici du moins. Il n'existe, ainsi que je vous l'ai dit, aucun établissement de bains, et dame! pour peu que l'on soit délicat, on y regarde à deux fois avant de se lancer dans une aventure.

— Cependant, la Bible et le Coran pres-
crivent des ablutions réglementaires, reprit
en souriant Maubert qui ne paraissait nullement convaincu, et à Alger les indigènes
sont moins farouches que vous ne me le voulez faire croire.

— C'est vrai, mais ces ablutions sont
accomplies d'une manière tellement super-
ficielle qu'elles ne servent point à grand'chose;
quant à la sauvagerie des femmes, elle est
réelle; celles dont l'abord est facile sont des
déclassées sans famille à Alger aussi bien
qu'ailleurs... Une indigène qui est dans des
conditions homogènes et qui se respecte n'a
jamais rien de commun avec un *incirconcis,*
c'est ainsi que ces dames nous nomment, et
comme je suis bien renseigné à cet égard, je
me suis toujours beaucoup amusé du récit
des prétendues victoires et conquêtes des
hâbleurs des états-majors; en réalité, le feu,
le fer et surtout le poison dénouent les histoires d'amour entre Européens et indigènes,

3.

et les acteurs de ces drames intimes n'existent plus pour s'en faire gloire et les raconter.

— Bah! je n'en crois rien.

— Tâchez de ne point apprendre à vos dépens à devenir moins incrédule.

Léonce pencha la tête sans répondre, en pensant qu'un mauvais génie l'avait certainement amené à Aïn-Beïda; puis, prenant une attitude résolue, il s'écria :

— Eh bien! non, il ne sera pas dit qu'un garçon tel que moi, plein de force et d'énergie, se sera laissé submerger par l'ennui dans ce vilain trou... Je ne suis pas peintre, mais je joue un peu du violon; j'aime les sciences naturelles, et si l'aridité sauvage du sol ne me permet point de m'occuper de botanique et par conséquent d'entomologie, car où la flore manque, l'entomologie perd ses droits, il me restera la géologie, l'ornithologie et l'ophiologie, d'une étude facile, si je m'en rapporte à la variété des terrains qui nous environnent;

les quartz, les cristaux, les gisements métal-
lurgiques, les rocs me fourniront d'amples
distractions, et le désert, qui est à deux pas et
qui abonde en oiseaux et en reptiles introu-
vables ailleurs, fera le reste. J'arrangerai, s'il
le faut, ma vie comme celle d'un bénédictin,
mais soyez assuré que je ne ferai jamais mes
dieux ni du jeu ni de l'absinthe.

— Je suis enchanté de vous entendre
parler ainsi, répliqua Roy, car, je le crois depuis longtemps, ce n'est pas dans les grands
événements, dans les jours de lutte suprême,
que l'homme se montre inférieur à lui-même;
c'est dans les petites choses, dans les habitudes de chaque jour qu'il s'affaisse et se laisse
dominer par les influences mauvaises. Tel
amassait des forces pour combattre des géants
qui succombe devant des pygmées... Mais
allons au rapport, il va être neuf heures;
après quoi, je vous conduirai chez quelqu'un
qui, dans les dispositions studieuses où vous
êtes, vous sera fort utile; c'est le pharmacien-

major de l'hôpital, que vous n'avez pas encore
vu, attendu qu'il paraît rarement au cercle,
et dont j'ai négligé de vous faire faire la connaissance parce qu'il s'isole et qu'on l'oublie;
il passe pour un original, mais en réalité c'est
un excellent camarade et un savant dis-
tingué. Vous vous conviendrez, j'en suis
certain.

— Qu'il me convienne, ce n'est pas
douteux, reprit Léonce; que je produise sur
lui l'effet semblable, c'est autre chose
puisque je suis un ignare; enfin nous ver-
rons.

— Allons, allons, pas trop de modestie à
la clef, répondit Roy en riant; vous savez
bien ce que vous valez, et nous en sommes
tous là. »

Au rapport, qui dura peu, Maubert reçut
de ses chefs les instructions relatives à son
service, et il comprit que, pour demeurer
avec eux dans des termes convenables, il
devrait s'abstenir soigneusement de faire

du zèle et d'entrer trop avant dans les affaires arabes.

— Vous aviez bien raison, dit-il à Roy, mes fonctions seront purement nominales; tant mieux, car il me répugnerait beaucoup de connaître certains actes et d'être contraint de les subir en silence; je ne me mêlerai de rien, et je ferai tous mes efforts pour ignorer ce qui se passera ; mais je ne resterai pas longtemps dans cette boutique, et je demanderai ma réincorporation dans un régiment.

— Ne prenez aucune décision à la hâte, répondit Roy; plus tard vous le regretteriez sans doute, et puisque je vais être employé au bureau divisionnaire d'Oran, ne faites rien sans me prévenir.

Après le déjeuner, pendant lequel les camarades de Roy décidèrent qu'ils l'accompagneraient le soir jusqu'à la première étape, le lieutenant entraîna Maubert chez le docteur Schultz, pharmacien de l'hôpital.

Le docteur était un homme de quarante

ans, mais il paraissait bien en avoir cinquante ;
ses cheveux et ses moustaches grisonnaient ;
son visage pâle, ses traits fatigués, l'expression de ses yeux noirs, légèrement voilés,
révélaient la tension d'esprit constante du
travailleur, ou peut-être quelque secrète mé-
lancolie ; sa taille élevée et non sans élégance
se voûtait déjà, et ses mains très-blanches et
très-soignées étaient fort maigres et presque
diaphanes.

Les deux jeunes gens le trouvèrent occupé
à examiner la mâchoire d'un magnifique
saurien que des Arabes, qui prétendaient
l'animal venimeux, lui avaient apporté la
veille.

Sans être contrarié de se voir dérangé
dans sa besogne, Schultz prit la main que lui
tendait Roy, et salua Léonce en lui jetant un
coup d'œil bienveillant.

— Mon cher docteur, dit Roy, je viens
vous présenter le lieutenant Léonce Maubert,
mon successeur au bureau arabe.

— Ah! répondit Schultz, vous nous quittez, je l'ignorais.

— Vous ignorez toujours ce qui se passe autour de vous, répliqua Roy.

Le docteur sourit et dit :

— C'est que, avouez-le, à moins d'événements extraordinaires tels que votre départ, par exemple, il ne se passe rien qui mérite de fixer l'attention.

— Je n'en disconviens pas, repartit Roy; cependant voici une chose qui va vous intéresser. Maubert, ici présent, désire entrer en relations scientifiques avec vous; c'est un grand amateur d'histoire naturelle.

Schultz jeta sur Léonce un nouveau regard et lui demanda quelle était la branche des sciences naturelles à l'étude de laquelle il s'était spécialement voué.

— Aucune, jusqu'à ce jour, répondit celui-ci, et Roy a bien tort de me présenter à vous comme un savant, car il me faudra déchoir dans votre estime; je ne suis qu'un ignorant désireux de m'instruire; mon camarade m'a parlé de votre savoir, et je suis venu solliciter vos leçons, voilà tout. J'ai fait, à Alger, un peu d'entomologie; mais ici, je le présume, je devrai abandonner les insectes; la flore, aux abords du désert, est si limitée que les sujets à découvrir parmi les coléoptères doivent faire complétement défaut.

— Peut-être, reprit Schultz; depuis que je suis à Aïn-Beïda, j'ai trouvé plusieurs espèces inédites, entre autres un bupreste de toute beauté auquel j'ai donné le nom de *bupreste des sables.*

— Vraiment! dit Maubert; vous voyez donc, docteur, que je ne suis qu'un ignorant, car je m'imaginais en toute bonne foi qu'il n'y avait absolument rien à faire ici pour l'entomologie, et je ne songeais qu'à la géologie, à l'ophiologie et à l'ornithologie.

— C'est encore là un champ bien vaste, répliqua Schultz, dont un sourire léger et doucement railleur effleura les lèvres, et vous aurez de quoi vous satisfaire au delà de vos espérances. L'Algérie est une terre bénie du ciel pour les chercheurs et les savants comme pour les agriculteurs... Vous verrez que, contrairement à la plupart de vos camarades, vous ne connaîtrez point ici la déplorable plaie de l'ennui. Quant à moi, je m'estime heureux d'avoir trouvé un compagnon d'études qui pourra m'éclairer de ses conseils et de ses lumières.

— Ah! docteur, nous sommes loin de compte, repartit Maubert, dont la confusion augmentait; en fait de savoir, je ne possède que le désir de m'instruire. Ce n'est point, je vous le répète, un compagnon que vous avez trouvé, mais, si vous voulez bien le permettre, un humble apprenti.

— La modestie sied à la jeunesse, dit Schultz, qui avait la manie de se vieillir et qui était bien convaincu que Maubert se dépréciait à plaisir; venez me voir après votre installation, quand cela vous sera agréable,

et nous réglerons ensemble le cours de nos
travaux; je vous montrerai mes collections;
vous admirerez mon bupreste, un vrai trésor.

Sur cette phrase, les deux officiers prirent
congé de Schultz, qui retourna avec empres-
sement à son saurien.

— Ah! dit à son collègue Maubert dès
qu'ils furent dans la rue, je redoute qu'en
voulant me faire valoir, vous m'ayez rendu
un mauvais service; que pensera le docteur
Schultz, lorsqu'aux preuves il reconnaîtra
combien vous m'avez surfait?

— Si vous êtes un peu habile, il ne le reconnaîtra jamais, répondit Roy; Schultz est
triste, il passe sa vie seul dans son labora-
toire avec ses bestioles, et le pauvre cher
homme, sans se l'avouer à lui-même, souffre
de son isolement; vous allez animer sa solitude, il vous en sera reconnaissant, vous aimera et vous choiera comme un enfant gâté;
il vous initiera aux mystères de la science en
causant, sans songer à vous donner des le-

çons; il vous suffira pour conserver votre prestige de parler peu dans les commencements; vous avez l'esprit vif, de la mémoire, vous vous assimilerez donc promptement le savoir de Schultz, et le jour où vous serez en état de tenir tête au docteur, de lui répondre, il vous admirera naïvement sans soupçonner que vous lui rendez ce qu'il vous aura appris.

— C'est une jolie leçon que vous me donnez là, vous, reprit Maubert, qui, malgré sa mauvaise humeur, ne put s'empêcher de rire de la façon ingénieuse avec laquelle Roy tournait les difficultés; on voit que vous avez vécu parmi les Arabes, ils vous ont communiqué leur ruse et leur profonde sagacité.

— Vous me flattez, mon camarade, dit Roy riant aussi. Quel dommage que nous ne puissions vivre ensemble! nous eussions fini par nous entendre à demi-mot.

Maubert soupira; il s'était si bien, depuis la veille, accoutumé à Roy, qui lui plaisait beaucoup, qu'il le considérait déjà comme

un ami; la pensée de le perdre, leur liaison
à peine ébauchée l'attristait.

— C'est un malheur pour moi, lui dit-il, de
vous avoir rencontré pour être aussitôt privé
de votre présence.

— C'est notre vie, cela, répondit Roy dont
la physionomie revêtit une expression mélancolique; on s'imagine bien sottement que
le métier de soldat est plein de charme, et je
n'en sache point pour lequel il soit nécessaire
de faire plus ample provision d'abnégation et
de renoncement. Tenez, je ne déteste dans le
monde qu'un seul homme, Scribe, l'auteur
dramatique qui s'est amusé à représenter le
sous-lieutenant comme un type de gaieté, de
fanfaronnade et de joyeuse humeur : c'est
bête et inexact... Soyez donc heureux, con-
tent, jovial dans cette charmante garnison
d'Aïn-Beïda, et par une telle chaleur! continua-t-il en haussant les épaules et en épon-
geant avec son mouchoir son front ruisselant
de sueur. A présent il faut se livrer à l'ai-

mable occupation de faire ses cantines et ses
malles.

Ils rentrèrent chez eux, où Jollivet avait
étalé sur tous les meubles les vêtements de
Roy et les objets qu'il emportait, afin qu'il
n'eût plus qu'à les empiler dans ses caisses.

Maubert, tandis que son camarade accom-
plissait cette besogne, s'était laissé tomber
sur le divan après avoir quitté sa lourde tu-
nique d'ordonnance et jeté un coup d'œil
furtif sur la terrasse voisine, aussi déserte
que le Sahara et presque aussi chaude, car,
à ces heures brûlantes de l'après-midi, les
maisons blanchies à la chaux renvoyaient
une réverbération d'une intensité à aveugler
quiconque eût osé l'affronter pendant un
instant.

— Voulez-vous boire? demanda tout à coup
Roy à Léonce en cessant son emballage et en
venant s'asseoir auprès de lui dans une attitude exténuée; cette coquine de température
altère terriblement.

— Merci, non, répondit Maubert, je bois le moins possible.

— Vous avez bien raison, repliqua Roy : dans cette ville diabolique, que sans exagération on pourrait, de même que le désert, nommer *b'led el atteuch* [1], plus on boit, plus on se sent disposé à boire ; la satisfaction de cet impérieux besoin dure peu; on transpire d'autant plus qu'on s'est largement abreuvé, et une fois qu'on a commencé on ne s'arrête plus ; c'est là ce qui explique les tendances de nos pauvres soldats à l'ivrognerie, l'intempérance de quelques-uns de leurs chefs et ce malheureux amour de l'absinthe qui fait tant de ravages parmi nous. Puisque vous me faites l'honneur de me comparer aux Arabes, je vais vous indiquer un moyen d'apaiser la soif, ou du moins de la rendre moins âpre, et que je tiens d'eux. Quand on est par trop altéré, on se place dans la bouche un petit

[1] Pays de la soif.

caillou bien poli que l'on y conserve le plus
longtemps possible ; lorsqu'il devient trop
chaud, on le remplace par un autre. En
voyage surtout le résultat est excellent.

— Aurai-je donc souvent des tournées à
faire ? dit Léonce, et, en été, sont-elles sup-
portables ?

— Vous en aurez quelquefois pour des
choses de peu d'importance qui n'ont point
l'heur de plaire au capitaine ; alors il s'en
décharge sur son adjoint ; ne les négligez pas,
c'est la seule occasion que l'on vous lais-
sera de vous faire valoir ; d'ailleurs ces tournées ne sont pas trop pénibles en ayant soin
de voyager la nuit ; le jour, c'est presque impossible en raison des insolations dont il
faudra vous méfier.

— Mon lieutenant, dit Jollivet en entrant
dans la chambre et en interrompant la conversation des jeunes gens, l'intendance fait
demander l'heure à laquelle vous voulez
qu'on vous amène vos deux mulets de bât.

— A six heures, répondit Roy ; l'escorte
de spahis arrivera vers ce moment, et nous
aurons dîné, ajouta-t-il en s'adressant à Maubert ; les officiers qui veulent m'accompagner
jusqu'à l'étape ont avancé l'instant du repas.
Jollivet, vous sellerez le cheval de votre
lieutenant et le mien afin qu'ils soient prêts
dès que nous reviendrons de la pension.

— Il suffit, mon lieutenant, repliqua le
soldat en se retirant.

II

Il était cinq heures lorsque les préparatifs
de Roy furent achevés, et il sortait de chez
lui quand ses camarades vinrent le chercher
pour faire le dernier repas qu'il dût prendre
à Aïn-Beïda. Chacun était triste, contraint, et
cherchait vainement à paraître gai ; le sous-
lieutenant de spahis Lacombe, dont les saillies

déridaient habituellement les fronts soucieux, avait perdu dans cette circonstance son entrain ordinaire. Les toasts portés à Roy, les libations copieuses demeurèrent sans nul effet ; triste on était, triste on resta.

Dans la vie d'Europe où, grâce aux chemins de fer, les communications entre les divers points du continent s'effectuent par les voies rapides, on a presque supprimé les adieux de l'existence affairée que l'on mène à toute vapeur, et nous apprenons souvent que nos connaissances les plus intimes ont fait une absence lorsqu'elles sont déjà de retour. La multiplicité des relations nous blase d'ailleurs sur les départs ; l'amitié, rare au temps du bonhomme la Fontaine, puisqu'il ne la supposait *vraie* qu'au Monomotapa, a tout à fait déserté les pays civilisés où les intérêts divers s'accentuent en raison des difficultés matérielles de l'existence ; l'ambition, la question d'argent priment les sentiments ou ne leur permettent point de se développer ;

4

de là l'effroyable égoïsme auquel nous arrivons tous presque fatalement.

Dans les résidences d'Afrique, où l'on est peu nombreux, où chacun compte et tient sa place, celui qui s'en va laisse un vide rempli d'amertume ; il faut du temps pour le combler et pour s'habituer au nouveau personnage qui remplace le camarade parti.

On ne se disait point ces choses dans le petit groupe d'officiers qui entourait Roy, mais on les éprouvait et l'on interrogeait le visage de Maubert à qui l'on n'avait accordé la veille qu'une médiocre attention, pour se renseigner par intuition sur sa physionomie, afin de pressentir la manière dont il prendrait la succession de l'ami qu'on allait perdre.

— Allons, messieurs, dit celui-ci en consultant sa montre, l'heure du départ arrive ; que ceux d'entre vous qui veulent bien me faire la conduite se préparent ; dans dix minutes nous nous retrouverons à la porte de

Saïda ; je vais chez moi m'assurer que mes bagages sont chargés, que l'escorte est prête, et monter à cheval. Venez-vous, Maubert ?

Léonce, à cet appel, quitta le sous-lieutenant Lacombe avec lequel il causait, et suivit Roy qui marchait silencieusement et tout préoccupé devant lui.

— Sacrebleu ! dit-il tout à coup, je ne pensais pas éprouver un tel serrement de cœur en quittant ce vilain pays.

— Cependant vous me disiez hier, répondit Léonce, que vous n'y teniez plus lorsque vous avez sollicité votre changement.

— C'est exact, mais le moment des adieux est pénible ; il est triste d'abandonner ses camarades après plusieurs années d'une existence commune.

— L'esprit humain est plein de contradictions, répondit philosophiquement Maubert.

Et comme ils songeaient tous deux, l'un

à son départ, l'autre à son installation, la conversation s'arrêta là.

Un instant après, les deux lieutenants galopaient vers la porte du Nord, où ils retrouvèrent les officiers qui les attendaient, et ils se mirent tous en route assez gaiement ; mais à mesure que l'on approchait de l'étape, l'animation diminuait, et lorsqu'on y arriva, tous les visages étaient de nouveau attristés.

— C'est ainsi que l'on se quitte ! s'écria Lacombe avec un accent moitié sérieux, moitié plaisant. C'est dommage que nous ne puissions boire le coup de l'étrier. Oh ! quel pays de sauvages !

Ils descendirent tous de cheval ; on embrassa Roy en allumant des cigares, et l'on se dit adieu.

En étreignant Maubert, qui paraissait rêveur, Roy lui dit encore tout bas :

— Méfiez-vous de l'ennui, qui conduit au jeu et à l'absinthe, et des belles filles juives ou arabes, qui mènent à la mort.

Léonce sourit et lui répondit à demi-voix :

— Soyez sans crainte ; mais vous m'écrirez, au moins ?

— Certainement, et je ferai tous mes efforts pour que vous veniez bientôt me rejoindre à la direction d'Oran.

— Ah ! et comment cela ?

— Le directeur est mon cousin, j'avais oublié de vous le dire.

A ces derniers mots, ils se séparèrent. Chacun remonta à cheval, et Roy s'éloigna rapidement le premier, comme s'il redoutait de laisser voir son émotion, dans la direction du nord-est, tandis que ses amis reprenaient mélancoliquement le chemin d'Aïn-Beïda.

Quand Maubert se retrouva seul dans sa petite maison, lorsqu'il se revit dans sa chambre déjà remise en ordre par les soins de Jollivet, il éprouva cette sensation cruelle de l'isolement que connaissent tous les voyageurs, tous les solitaires, et qui est une des

4.

affirmations les plus vraies de la solidarité humaine.

Le lieutenant, une bougie à la main, parcourut son domaine ; il le trouva très-vaste, peu confortable ; une foule de choses lui manquaient. Il fut sur le point d'appeler Jollivet sous le prétexte de lui faire remarquer et enlever une toile d'araignée qui se balançait majestueusement au plafond, mais en réalité pour communiquer avec quelqu'un et entendre le son d'une autre voix que la sienne.

Cependant le planton, qui couchait à la caserne, était parti depuis longtemps, après avoir préparé le lit de son maître ; force fut donc à Léonce de se résigner à attendre au lendemain pour trouver à qui parler.

A un certain moment il eut la pensée d'aller au cercle rejoindre ses camarades, mais il était près de onze heures, ce n'était pas la peine de sortir ; puis les dernières paroles de Roy lui revinrent en mémoire, il renonça à son idée et se dit :

— Ce que je pourrais faire de mieux, ce serait de me coucher et d'essayer de dormir.

Comme c'était le parti le plus sensé qu'il eût à prendre, il ne le prit point; la chaleur était accablante, pas un souffle d'air ne rafraîchissait l'espace; les rosées nocturnes n'existent point aux abords du désert, et bien souvent la seule différence qu'il y ait entre la température du jour et celle de la nuit ne provient que de l'absence du soleil qui rend l'atmosphère moins brûlante.

Léonce se déshabilla pour endosser une ample et légère gandourah de laine brune qui lui donnait quelques ressemblance avec un moine de l'ordre de Cîteaux; il alluma un cigare, éteignit sa bougie et monta sur la terrasse avec l'espoir d'y jouir d'un air un peu plus respirable; il n'en fut rien, et, harassé, désolé, en proie à un ennui plus morne que sa solitude, le jeune homme jeta son cigare et s'accouda sur le mur d'appui du bord de la terrasse alors complétement dans l'ombre;

la lune donnait en plein sur la maison du rabbin.

Il était là, immobile, plongé dans une rêverie sans charme, lorsqu'un léger bruit attira son attention; il releva la tête et aperçut, sur la terrasse en face de la sienne, une ombre blanche et presque aérienne; à la grâce avec laquelle elle se mouvait, il reconnut la fille du rabbin.

— Rahel! murmura-t-il.

Et se souvenant cette fois encore des conseils de Roy, il soupira et détourna les yeux; mais bientôt machinalement ses regards se reportèrent vers elle.

Elle ne le vit point; elle marchait doucement, sans but, au hasard, en s'éventant avec une large feuille de palmier.

— C'est dommage, pensa Maubert, que cette belle fille soit pour moi le fruit défendu; si elle pouvait m'aimer, elle charmerait mon exil, je ne serais pas seul.

— Quelle chaleur! dit Rahel en se parlant

à elle même; c'est à peine si, ce soir, on peut respirer.

Maubert l'entendait parfaitement, sa voix lui semblait charmante dans sa tonalité grave et harmonieuse. Il suivait des yeux chacun de ses mouvements, cherchait à percevoir son moindre geste et éprouvait une sensation d'une ineffable douceur à s'occuper de cette adorable créature et à la contempler sans qu'elle s'en doutât.

— Oh! murmura la juive, si mes pauvres oiseaux pouvaient voltiger pendant la nuit, ils seraient auprès de moi! Mais, continua-t-elle avec un accent de révolte très-caractérisé, ma mère aura beau me gronder, je viendrai tous les jours malgré ses réprimandes, en dépit du voisinage des officiers, apporter la pâture à mes chers oisillons.

En évoquant la pensée des officiers, Rahel regarda leur terrasse ou plutôt celle de Maubert; la lune, en arrivant à son zénith, ne permettait plus à celui-ci de se dissimuler dans l'ombre ; la jeune fille l'aperçut, laissa échapper un petit cri d'effroi, et, abandonnant la place, elle s'élança vers l'escalier et disparut.

— Décidément, se dit Maubert, les femmes indigènes sont plus sauvages encore ici qu'à Alger ; n'importe, je saurai contraindre la splendide Rahel à revenir, le soir, sur la terrasse.

Satisfait de cette idée qui lui entr'ouvrait sans doute une foule d'agréables perspectives, le lieutenant, à son tour, regagna sa chambre, se coucha, et cette fois l'insomnie ne hanta point son chevet.

Pendant les jours qui suivirent, Maubert n'aperçut point Rahel ; il en ressentit d'abord quelque ennui, mais il fut distrait par les menus détails de son installation et de son entrée en fonction, par les visites que lui rendirent ses camarades et surtout par celle du docteur Schultz qui ne comprenait point, après ce qui s'était passé entre eux, que

Maubert ne fût point encore revenu chez
lui.

— Je vous croyais malade, lui dit-il ; heureusement il n'en est rien ; mais je crains
que vos projets d'étude d'histoire naturelle
ne soient indéfiniment ajournés.

— Pourquoi cela ? répliqua Léonce.

— Le sais-je ? reprit Schultz ; au moment
où vous êtes arrivé ici, vous étiez sombre,
découragé, et vous ne prévoyiez que des
ennuis dans votre nouvelle existence ; maintenant peut-être l'avez-vous déjà arrangée
pour le mieux, et ne songez-vous plus aux
distractions aléatoires que vous vous proposiez
de prime abord.

Maubert vit probablement un reproche implicite dans ces paroles, car elles lui donnèrent
de l'humeur et ses sourcils se plissèrent
légèrement ; mais comme il examinait attentivement le visage de Schultz, pour chercher
à deviner sa pensée, l'expression de la physionomie du docteur, placide dans sa tristesse,

le frappa, et cette nouvelle impression dissipa
la première.

— Cet homme souffre, pensa-t-il, et il n'a
certainement pas eu l'intention de m'adresser
un reproche ni de me froisser. Je deviens
stupide. Est-ce que l'aimable séjour d'Aïn-
Beïda va me rendre pointu ? Oh! mais je
veillerai sur moi.

Il se leva, vint se placer debout devant
Schultz et lui dit en riant à demi :

— Regardez-moi bien, docteur; ai-je l'air
satisfait d'un homme qui a réussi à arranger
son existence pour le mieux ? Tout mon être
doit distiller l'ennui, la lassitude et le dégoût.
Il est évident qu'ayant reçu de vous un accueil
d'une bienveillance extrême, je n'aurais pas
dû attendre que vous vinssiez chez moi pour
retourner chez vous ; mais j'ai eu pas mal à
faire pour m'installer à peu près ; puis j'ai
pris mon service, qui ne me paraît pas précisément semé de pétales de roses ; il a fallu
me mettre au courant de la besogne de la

boutique dont je deviens le premier commis ;
tout cela m'a pris du temps ; ne vous ima-
ginez donc pas que je renonce bénévolement
aux occupations dont il a été question entre
nous. Oh ! non, et lorsque nous allons travailler ensemble, les questions qui vous seront posées par mon ignorance mettront plus
d'une fois votre patience à l'épreuve.

Une sourire illumina les traits austères de
Schultz.

— Allons, tant mieux ! répondit-il, c'est
qu'à votre âge on abandonne si souvent la
science pour des maîtresses qui ne la valent
pas, que j'ai eu peur pour vous.

— Mais, docteur, votre frayeur me paraît
tout à fait illusoire, puisque Aïn-Beïda est
complétement dépourvu de femmes, dit Maubert.

— J'en conviens, mais il y a des maîtresses
de toutes sortes ; nos passions, nos vices, nos
habitudes ont souvent des exigences plus
tyranniques que celles de la femme à laquelle

5

nous nous attachons ; vous en avez ici , sous les yeux, de déplorables exemples : le jeu, l'absinthe, le tabac, telles sont les distractions les plus intelligentes du cru, et si, par désœuvrement, on a le malheur de céder à l'entraînement, on est perdu, bien perdu. Tenez, parmi vos camarades, il est un charmant garçon, plein de cœur et d'esprit ; cependant il a fini, comme les autres, par donner dans le travers ; l'effet moral produit par ses habitudes, je l'ignore ; mais son organisme est profondément atteint, il va mourir phthisique un de ces jours et ne le soupçonne point.

— Qui est-ce ?

— Lacombe !

— Je n'ai pas de chance, reprit Léonce, c'est celui qui me plaît le plus ; mais n'y aurait-il pas moyen de le tirer de là ?

— Ce serait probablement bien difficile ; peut-être le pourrait-on encore ; cependant la chose la plus pratique serait de le faire partir.

— Le commandant supérieur sait-il cela ?

— Certainement.

— Que dit-il ?

— Rien ; ce serait d'ailleurs au chef de corps de Lacombe qu'il faudrait s'adresser pour qu'il le fît changer de garnison ; mais à Mascara comme à Tlemcen, comme dans tous les autres postes où le régiment de Lacombe a ses détachements, le lieutenant ne modifierait point ses habitudes ; deux années de vie de famille vaudraient mieux que tout cela, et Lacombe est mal avec la sienne.

— S'il en est ainsi, répliqua Maubert, pourquoi n'entreprendrions-nous pas à nous deux la cure physique et morale de ce pauvre garçon ?

— Soit ! seulement, je me demande comment nous nous y prendrons.

— Sans qu'il puisse pressentir nos projets, nous l'associerons tout doucement à nos études, nous l'occuperons, nous lui ferons perdre l'habitude du cercle et nous le sauverons. Voilà une utile distraction, qui n'était pas dans mon programme, dit Maubert, qu'exaltait la pensée de la rédemption d'un de ses semblables.

Quant à Schultz, il l'accueillait plus froidement; une longue expérience, la pratique de la vie, des souffrances secrètes sans doute, ne lui avaient laissé ni grand enthousiasme, ni grand espoir à fonder sur les hommes, et il s'était réfugié dans l'étude de l'immuable nature comme dans le seul amour qui ne pût le tromper.

Néanmoins il quitta Maubert, après lui avoir donné rendez-vous chez lui pour le lendemain, avec un sentiment de profonde satisfaction, en se disant :

— Si je préserve celui-ci, si je sauve l'autre, cette bonne action me sera comptée.

Dans le cours de la semaine, Maubert fut envoyé en mission dans l'intérieur; son absence devait durer quatre jours. Il s'agissait de délimiter les bornes respectives de deux

tribus qui empiétaient constamment sur le
territoire l'une de l'autre. Le litige ayant dé-
généré en querelle, on en était arrivé à se
menacer de faire parler la poudre ; l'arbitrage
du Bureau arabe était devenu nécessaire, et
l'on avait saisi cette occasion pour constater
les capacités du jeune adjoint dans cette
affaire dont on le chargeait.

Outre un interprète, un géomètre et une
escorte respectable, Maubert, qui ne professait
aucun goût pour la solitude, pria Schultz et
Lacombe de l'accompagner, ce à quoi ils
consentirent.

Partout en voyage on se lie vite ; en Algérie,
où les chambres d'hôtel, les compartiments de
chemins de fer ne séparent point les voyageurs, où le même gîte, — une tente, — les
réunit à chaque halte, l'intimité, pour peu
que l'on ne soit point doué de la sauvagerie
d'un Huron, s'établit plus rapidement encore.

Au retour de cette course, Maubert, Schultz

et Lacombe étaient tout à fait amis ; ils n'avaient point connu l'ennui ensemble ; l'érudition du docteur, ses observations, ses recherches avaient défrayé les conversations et intéressé les deux jeunes gens que la naïveté du savant amusait ; on avait même rapporté, pacifique conquête, de beaux échantillons minéralogiques, deux coléoptères fort rares, dont un *belaps* jusqu'alors inconnu et un arbrisseau du genre *burséracée*, non classé dans la flore de l'Atlas de Desfontaines.

Schultz, ravi de ces trouvailles, se proposait déjà d'écrire plusieurs mémoires, — tous les savants ont la manie d'écrire des mémoires, — sur son *belaps* et son *burséracée,* et de les envoyer à l'Académie.

— Vous constaterez, disait-il à ses deux compagnons, que nous avons rencontré ce *belaps* dans la région des sables, près d'une touffe de fougère, *hephodium angulare,* que l'on ne trouve point ordinairement dans ces arages ; je ne l'avais jamais vue aussi avant

dans le sud. La nature, comme l'humanité,
a ses bizarreries.

— Je pense qu'il n'a rien à envier à personne sous le rapport des bizarreries, dit, en
se penchant sur sa selle pour parler bas à
Maubert, Lacombe qui le suivait.

— C'est vrai, répondit Léonce; mais si je
ne me trompe, Schultz est une âme d'élite,
et ses singularités ne nous feront jamais
souffrir.

— Oh! je le crois, répliqua Lacombe, qui
pendant ce petit voyage parut oublier l'absinthe et le jeu.

III

Dès lors les trois amis arrangèrent leur
existence pour se voir le plus possible. La
matinée fut consacrée aux exigences profes-
sionnelles; mais après le déjeuner et l'heure
de la sieste à laquelle il n'était point pos-

sible de se soustraire dans une ville où la
chaleur s'élève régulièrement, en été du
moins, à quarante et quelques degrés à
l'ombre, on se réunissait chez Schultz, où
Lacombe trouvait un flacon d'absinthe dont
on lui mesurait parcimonieusement le contenu, car le docteur avait pensé qu'il ne fallait pas le sevrer entièrement de prime abord
du perfide breuvage, si l'on voulait arriver
à l'en déshabituer efficacement, et où l'on
causait de toute autre chose que des bavar-
dages du cru, en faisant des expériences mi-
crographiques, en étudiant la structure de
tel ou tel insecte, de telle ou telle plante, en
préparant des oiseaux et des reptiles pour
les conserver et en se livrant surtout à un
travail de classification entomologique, rêve
de tous les naturalistes et de Schultz en particulier.

Maubert, excessif en tout, se livra pendant
une dizaine de jours avec enthousiasme à ses
nouvelles occupations; son bureau, ainsi que

Roy le lui avait prédit, lui laissait de nombreux loisirs; il ne tarda point à constater
l'intention évidente de son chef de le tenir
en dehors des affaires de quelque importance et de ne l'employer que quand on ne
pouvait absolument point agir autrement; il
en prit rapidement son parti, s'en applaudit
même, puisque ces errements de son supérieur lui donnaient plus de liberté d'action.
Mais bientôt les distractions que lui procu-
raient l'amitié, la cure de Lacombe, qui, cependant, marchait à souhait, et l'étude lui
devinrent insuffisantes; ce n'était plus l'ennui
qui l'obsédait, la régularité du travail y avait
mis ordre; il éprouvait un vague désir de
secousses, d'émotions, et ressentait en lui-
même un vide qu'il ne pouvait s'expliquer et
qui le faisait souffrir. C'est alors qu'il pensa
à Rahel d'une manière plus intense et qu'il
se souvint de la résolution qu'il avait prise
de la faire revenir quand même sur sa terrasse.

5.

Il y songea comme à une taquinerie, mettant en oubli, de parti pris, les recommandations de son prédécesseur, sans vouloir préjuger les conséquences qui pourraient résulter de ce jeu.

Un soir où il avait quitté Lacombe et le docteur plus tôt que de coutume, il rentra chez lui, tira de son étui son violon auquel, depuis son arrivée à Aïn-Beïda, il ne touchait guère que pour l'accorder de temps en temps ; il éteignit sa lampe, et s'adossant contre l'appui de sa fenêtre ouverte, il se mit à jouer avec un brio endiablé les morceaux les plus variés de son répertoire.

En véritable musicien qu'il était, il oublia bientôt l'intention qui l'avait amené là, et quand, après une série de brillants arpéges, il cessa de jouer, et jeta, sans penser à la belle juive, un regard distrait au dehors avant de fermer sa fenêtre, il aperçut, dans l'attitude du recueillement et de l'émotion, Rahel appuyée sur le mur de sa terrasse, le corps penché en avant, comme si elle eût craint de perdre un seul son du magique instrument.

Revenu à lui-même, Léonce sourit de la réussite de son stratagème, et le lendemain, levé dès l'aurore, il monta sur sa terrasse, muni d'une ample provision de mie de pain, et commença à appeler les oiseaux comme il l'avait vu faire à Rahel; mais les petits récalcitrants, accourus des toits voisins, le regardèrent avec surprise avant de se hasarder à venir à lui, puis ils s'abattirent en tournoyant sur le faîte de la maison du rabbin.

Maubert renouvela en vain ses appels; les moineaux ne bougèrent pas, et un éclat de rire à peine réprimé répondit seul à l'insistance du lieutenant.

Naturellement ses yeux se portèrent vers l'endroit d'où partait cet éclat de rire argentin, et il vit Rahel juchée sur le plus haut degré de l'escalier et le regardant attentivement. Il fit le geste de lui jeter le morceau de pain qu'il tenait; elle répondit aussitôt par un négatif mouvement de tête ; puis, comme la voix criarde de sa mère se faisait entendre à l'étage inférieur, elle s'éclipsa prestement.

En la voyant disparaître, Maubert soupira, et, redoutant qu'il prît fantaisie à la femme du rabbin de monter sur la terrasse et qu'elle le vît, ce qui pouvait compromettre Rahel, il regagna sa chambre, satisfait d'être entré en communication avec sa belle voisine et mécontent que l'aventure se fût arrêtée là.

Ce jour-là, le docteur remarqua avec inquiétude que Maubert préoccupé n'apportait qu'une attention distraite à leurs causeries habituelles.

— Qu'a-t-il? se demanda Schultz à part soi; puis, redoutant que Léonce fût souffrant, il l'interrogea sur sa santé. Maubert, enchanté de la méprise du docteur, lui répondit qu'il était sujet à la migraine, et la chose en resta là. Mais on n'a pas constamment la migraine, et, comme Léonce se retirait chaque soir de très-bonne heure, il fut facile à Schultz de constater que la nouvelle manière d'agir du lieutenant avait une autre source qu'un malaise physique passager.

Lacombe, dont l'existence était devenue régulière, ne hantait plus le cercle, ne jouait pas, absorbait beaucoup moins d'absinthe et s'en trouvait bien : l'intensité des souffrances que lui causait d'ordinaire ce qu'il nommait bénévolement son rhume chronique diminuait, et de ce côté-là, du moins, Schultz éprouvait la satisfaction sans mélange de voir revenir à la vie celui qu'il avait cru perdu. Lacombe, d'ailleurs, lui inspirait peut-être plus de sympathie réelle que Maubert; cependant il tenait compte à ce dernier d'avoir le premier rompu son isolement et animé sa solitude. Mais vers ce temps-là Léonce causa une étrange déception au docteur. Une après-midi où ils faisaient une excursion, en compagnie de Lacombe, dans les parages d'Aïn-el-Abiod [1], Schultz aperçut auprès de la fontaine, dans une espèce de mare qui l'entourait, un spécimen d'une variété de cicindelle qu'il ne connaissait pas, et poussa un cri de joie en poursuivant l'insecte ailé dont les élytres brillaient sous les feux du soleil.

— Une cicindelle bleue à clous dorés! s'écria-t-il; je n'en ai jamais vu de semblable, et je la crois inédite. Quelle victoire! nous la nommerons cicindelle Léonce Maubert!

— Mais je n'y tiens pas du tout, répondit Léonce, tandis que, pour être agréable à Schultz, Lacombe pourchassait la cicindelle, dont il finit par s'emparer assez délicatement pour l'apporter sans qu'elle eût subi la moindre altération au docteur, que la déclaration de Maubert paraissait avoir stupéfié.

— Oh! c'est incroyable! reprit Schultz en examinant l'insecte, au travers du corps duquel il passa, avec précaution, une longue épingle qu'il fixa ensuite sur une planchette

[1] La fontaine blanche.

de liége collée au fond de sa boîte de natura-
liste; moi qui croyais vous faire un grand
plaisir et même un honneur! Votre nom donné
à une espèce nouvelle vous posait d'une manière toute spéciale à la Société entomologique de France.

— Et c'est justement ce qu'il ne faut pas,
mon cher docteur, répondit Léonce avec
franchise; vous vous faites à mon sujet des
illusions que je ne veux ni ne dois contribuer
à entretenir. Je vous l'ai déjà dit, je ne suis
point un savant : si j'ai quelque goût pour
l'histoire naturelle, ce n'est point une passion,
mais un simple passe-temps, une distraction
à laquelle j'ai recours, faute d'autres ; et pour
rien au monde je ne voudrais usurper parmi
le monde savant une place qui n'est point la
mienne. Si votre bestiole est réellement le
spécimen d'une nouvelle espèce et que vous
lui donniez mon nom parfaitement inconnu
jusqu'à ce jour, on se fera de moi une opinion
que je ne mérite à aucun titre ; le président

de la Société entomologique est capable de m'écrire, continua-t-il en riant; que lui répondrai-je, moi qui pourrais à peine déterminer le genre de classification qui appartient à tel ou tel insecte? Non, pour flatteuse que soit votre proposition, je la refuse : je ne suis et ne veux être que le plus modeste et le plus inconnu de vos élèves.

Soit que Schultz eût compris combien cette réponse était judicieuse, soit que la déception que lui causait Maubert le préoccupât assez pour ne point lui laisser l'exercice complet de ses facultés, il ne parla presque plus pendant le reste de la promenade, et quand les trois amis rentrèrent en ville, Lacombe, qui accompagna Maubert jusque chez lui, lui dit:

— Je crains que vous ayez fait beaucoup de peine au docteur.

— Que voulez-vous? lui répondit Léonce, je ne puis pas me revêtir à ses yeux de la peau du lion, même pour lui faire plaisir; le bout de l'oreille percerait trop vite. C'est ce grand diable de Roy qui s'est amusé, je ne sais dans quel but, à faire croire à Schultz toutes espèces de bourdes au sujet de mon prétendu savoir.

— Roy est un brave garçon, répliqua Lacombe qui s'assombrit ; je pressens son intention ; à propos, avez-vous de ses nouvelles ?

— J'ai reçu hier une lettre de lui, repartit Maubert ; il se plaît à Oran et m'engage à tâcher d'en faire autant ici. Je commence à croire que Roy a manqué sa vocation, il est né pour la prédication : il m'adresse une longue homélie dans laquelle il me répète des choses qu'il m'a dites et redites, à savoir qu'il faut me préserver de l'absinthe, de tout rapport officieux avec les Arabes et de l'amour avec les femmes indigènes ; de ces trois choses, la dernière seule me tenterait.

En achevant sa phrase, Maubert jeta sur la maison du rabbin un regard qui complétait sa pensée.

— La première recommandation je la comprends de reste, répliqua Lacombe, qui au mot d'absinthe avait légèrement rougi, car je connais mieux que personne la terrible exactitude des paroles d'Edgar Poë : « Et quelle maladie est comparable à la maladie de l'alcool ? » Voyez-vous, mon cher, l'absinthe, une des fatalités des petits postes de l'Algérie et de la stupide existence qu'on y mène, conduit au jeu, et l'on ruine sa santé en perdant sa fortune... Je vous fais là un triste aveu, mais, grâce à vous et à Schultz, j'espère me corriger de mes deux vices.

—Comment, reprit Léonce en lui pressant affectueusement les mains, pouvez-vous, reconnaissant si bien vos fautes, y retomber encore ?

— L'habitude ! voilà deux ans que je m'ennuie ici ; au bout de deux mois de séjour, j'ai commencé à boire et à jouer pour me distraire, et peu à peu j'en suis arrivé à m'abrutir en rougissant de moi-même et en me désolant d'en être venu là ; et beaucoup de nos camarades sont dans le même cas. Oh ! si ma mère savait cela !

— Mais, reprit Léonce, je ne vous ai pourtant jamais vu...

Il hésita et se tut.

— Vous vouliez dire que vous ne m'avez jamais vu ivre, et vous ne l'osez pas ? Je ne m'enivre guère complétement, je crois d'ailleurs que ce serait difficile ; cependant je suis presque sans cesse dans une sorte de surexcitation nerveuse qui est le résultat de l'abus de l'absinthe et qui me conduira à la mort, si je n'ai pas le courage de me vaincre.

— Oh ! reprit étourdiment Léonce, vous n'êtes pas aussi malade que vous le croyez.

Ils arrivaient à la porte de la maison de Maubert.

— Montons, dit celui-ci, nous nous reposerons un peu avant l'heure du dîner.

— Ainsi, reprit Lacombe pensif, quand ils se furent installés dans la chambre de Léonce,

vous me supposez gravement atteint, et c'est
ce bon Schultz qui vous a révélé mon état en
vous engageant à faire tous vos efforts pour
m'aider par votre influence à me corriger et
à guérir?

Léonce fit un geste de dénégation.

— Mais, répliqua Lacombe, ce n'est pas
de ce genre de mort que je parlais, c'est une
éventualité que je n'avais pas prévue; je songeais au suicide qui m'attire invinciblement
quand je pense à ma dégradation morale :
et notez bien que cette idée me poursuit d'autant plus dans les instants où l'ivresse, cette
ivresse invisible aux autres, constatée par
moi seul, me gagne. N'avez-vous pas remarqué que c'est pendant les mois de juillet
et d'août que les suicides sont le plus fréquents dans les régiments? Eh bien, c'est à
ces moments de l'année que l'on se laisse
aller le plus volontiers à boire inconsidéré-
ment, et je suis convaincu que la plupart de
ceux qui se tuent sont poursuivis, comme

moi, par la pensée de leur abaissement et la honte d'eux-mêmes.

— Bah ! répondit Maubert, quand on raisonne comme vous, on est bien près de la guérison.

— Dieu le veuille ! murmura Lacombe ; puis il continua tristement : En voilà assez sur moi, laissons ce chapitre et arrivons au second point de l'homélie de Roy. Quel est-il ? Je ne me le rappelle déjà plus.

— N'entrer en rapport avec les indigènes sous aucun prétexte.

— Ceci est de la haute politique, répliqua Lacombe, et depuis que vous êtes ici, vous avez dû apprécier la portée de cette recommandation, tout amicale, de votre collègue.

—Hum ! fit Léonce en haussant les épaules, je crois comprendre, et si je ne suis pas certain, ma conviction est à peu près formée.

— A peu près seulement ? dit Lacombe ; si vous l'eussiez voulu, il me semble que dès longtemps vous auriez des certitudes : votre bureau arabe est une véritable boutique : tout se paye là-dedans, à l'insu du commandant supérieur et de vos chefs français, je veux le croire ; mais votre interprète, vos chaouchs, sont des marchands éhontés ; tout votre personnel inférieur est gangrené jusqu'à la moelle ; ces gens-là ne songent qu'à s'enrichir ; la justice est chez eux à l'encan et au plus offrant ; c'est honteux ! Et si Roy vous écrit comme il le fait, c'est qu'il vous connaît assez pour savoir que vous ne voulez point participer à ces exactions et que si vous entrez en relation avec des Arabes, vous serez forcé, par ce que vous apprendrez d'eux, par ce qu'ils vous proposeront sans doute, de devenir le complice tacite de ce qui se passe ou de tenter de réagir, ce qui est impossible et ferait courir des risques à votre position ; car de plus puissants que vous, vos chefs eux-mêmes, y ont renoncé, soit pour des raisons politiques qui m'échappent, soit par

lassitude et pour ne pas être forcés constamment de sévir.

— Comment ! s'écria Maubert indigné,
chacun est donc au fait des tripotages du
bureau arabe ? ils sont donc publics pour que
vous m'en parliez avec une telle désinvolture ?

— Assurément.

— Le commandant de la province les
ignore, du moins, car il prendrait des me-
sures ?

— Il sait tout ; mais, à une telle distance,
la surveillance est impossible ; de plus, il est
condamné à se taire, ce dont il doit souffrir,
car il est honnête homme. Vous savez qu'à
la suite d'un scandale récent, le gouvernement s'est ému, et a prescrit une enquête
sur les actes des commandements supérieurs
et sur le personnel des bureaux arabes ; que
les premiers résultats ont été tels qu'ordre
a été donné immédiatement de suspendre
l'instruction, parce qu'il y avait trop de per-
sonnes compromises.

— Je ne le savais pas, ou plutôt je l'avais
oublié, répondit Maubert; mais je ne ferai
point ma carrière dans les bureaux arabes.
Je vais solliciter ma rentrée dans mon régiment.

— Qui vous presse? attendez encore; votre
station à Aïn-Beïda peut vous être utile dans
l'avenir; on vous saura gré, dans l'armée
active, lorsque vous aurez fait un stage assez
long pour être renseigné, d'abandonner les
bureaux arabes qui ne sont point en odeur
de sainteté, pour reprendre au corps une situation moins lucrative, et l'on en fera honneur, ce qui ne sera que juste, à votre pro-
bité; puis il y a une autre considération, tout
égoïste de ma part : votre présence nous est
douce et utile à Schultz et à moi; ne nous
abandonnez pas; que deviendrions-nous
maintenant, si vous nous quittiez? Enfin, il
est probable que les menées de certains
chefs nous vaudront sous peu quelque insur-
rection; il en résultera une expédition que

nous ferons ensemble... ce sera charmant.

— Oui, mais ce qui n'est pas charmant, c'est de servir dans les conditions où je me trouve.

— Elles peuvent se modifier d'un moment à l'autre.

— Ceci est aléatoire.

— Tout en ce monde est aléatoire. Passons à la troisième prescription de la lettre de Roy.

— Se défier de toute intrigue amoureuse avec les femmes indigènes, dit Léonce en jetant encore un coup d'œil involontaire vers la terrasse de la maison rabbinique.

— Et c'est difficile, reprit en riant Lacombe qui avait surpris ce coup d'œil, surtout lorsqu'on est le voisin de la belle, de la splendide Rahel.

— Eh bien ! oui, répondit Léonce, et, vous l'avouerai-je ? cette jeune fille m'occupe plus que je ne le souhaiterais.

— En êtes-vous amoureux ?

— Je ne sais ; mais, en la voyant, j'éprouve des sensations étranges ; je voudrais la voir de plus près, m'entretenir avec elle ; savoir si son être moral est à la hauteur de la séduisante enveloppe que lui a donnée la nature.

— Et vous ne désirez pas autre chose ?

— Jusqu'à ce jour, non.

— Tout cela ne me paraît pas difficile.

— Plus difficile que vous ne le pensez, dit Léonce devenu rêveur ; et puis les objurgations de Roy m'effrayent un peu tout en aiguillonnant peut-être, sinon mon intérêt, du moins ma curiosité.

— N'avez-vous jamais parlé à la belle juive ?

— Si, répondit Maubert. Et il raconta ce qui s'était passé entre Rahel et lui.

— Ce sont des prémisses, répliqua Lacombe en souriant, et vous ne vous en tiendrez pas là, mon camarade ; votre violon avancera les choses ; mais si jamais, dans cette aventure, vous avez besoin d'un auxi-

liaire, d'un ami sûr et dévoué, vous pouvez
compter sur moi. Entre nous, je m'imagine
que Roy se fait une idée exagérée des périls
que l'on court en aimant une femme indigène, et ma foi, coûte que coûte, si j'étais à
votre place, je tenterais de me renseigner
exactement sur ce fait.

— J'y ferai mon possible, dit Maubert ;
mais si les choses ne vont jamais plus vite
que maintenant, je risque fort de quitter Aïn-
Beïda sans avoir vu la belle juive de plus
près que sa terrasse ; et cela ne suffit même
point à la satisfaction des yeux qui ne
peuvent, à cette distance, saisir dans toutes
leurs perfections les détails de la beauté de
Rahel.

IV

Malgré son désir d'entrer en communications plus effectives avec la fille du rabbin,

Maubert se borna, chaque soir, pendant
quelque temps, à jouer du violon, ses fenêtres
ouvertes, et chaque soir aussi Rahel vint
l'entendre sur sa terrasse; mais, bien que l'officier essayât de la voir le matin, lorsqu'elle
venait donner la pâture à ses oisillons, il n'y
réussit point; quand il s'éveillait, la distri-
bution de miettes de pain était achevée,
Rahel avait quitté sa terrasse, et les moineaux,
comme s'ils voulaient narguer l'amoureux
lieutenant de sa déconvenue quotidienne,
s'ébattaient sur les toits voisins et jusque
sur le sien, en jetant des cris stridents.

Léonce avait fini par prendre en horreur
ce peuple ailé, et un jour où il s'impatientait
en entendant ses pépiements, Jollivet, qui
rangeait la chambre de son maître, sourit,
sans rien dire, d'un air significatif, sans que
Maubert y fît attention.

Le même soir les officiers recevaient un
de leurs camarades à dîner et lui offraient le
punch traditionnel auquel prirent naturelle-

ment part Lacombe et Léonce; celui-ci, pendant le repas, parut triste, soucieux, préoccupé ; en vain le lieutenant de spahis, qui paraissait avoir oublié, en ce moment, ses idées nouvelles de tempérance et se livrait à de nombreuses libations, essaya-t-il de communiquer quelque gaieté à son ami, il n'y put réussir, et, déjà à demi grisé lui-même, il le fit boire outre mesure sans que Léonce y prît garde et sans songer lui-même à mal, en se disant :

— Bah! pour une fois, cela lui fera du bien et le déridera peut-être.

Après le repas, ils se rendirent au cercle, où ils burent encore plus que de raison et où la fumée du tabac, l'animation des conversations achevèrent de les enivrer ; mais Maubert demeurait toujours sombre et Lacombe en était attristé.

Tout à coup et comme si une idée lumineuse lui eût traversé le cerveau, ce dernier attira Léonce dans le jardin et lui dit en

6.

le tutoyant, ce qui est, comme on le sait, une des mille manies de l'ivresse :

— Je comprends ce qui te chagrine ; tu penses à la juive, n'est-ce pas ? Eh bien ! mon cher, j'ai trouvé un excellent moyen d'en venir à bout et à bref délai, si tu consens à exécuter mes conseils.

— Je ne demande pas mieux, répondit Maubert, mais je crains de ne pas réussir.

— Quel enfantillage ! reprit Lacombe.

Il se pencha vers Maubert et lui parla à l'oreille pendant un quart d'heure. En l'écoutant, la physionomie du lieutenant se rassérénait.

— Soit ! s'écria-t-il, quand Lacombe eut cessé de parler, je m'en occuperai dès demain.

— Maintenant, reprit Lacombe, nous devrions aller un instant chez ce pauvre Schultz que nous négligeons un peu ; il n'est que minuit, il doit être encore au travail.

Et bras dessus, bras dessous, ils se diri-

gèrent en titubant légèrement vers l'habita-
tion du docteur ; pendant le trajet, ils s'en-
tretinrent à bâtons rompus de leurs projets
envers Rahel, et quand ils entrèrent chez
Schultz, ils étaient tous deux d'aussi bonne
humeur qu'ils avaient été maussades durant
la soirée.

Bien qu'il fût habitué à les recevoir à toute
heure, Schultz, qui terminait son mémoire
sur le *burséracée* qu'il avait découvert, parut
un peu surpris en voyant ses amis entrer chez
lui à minuit ; mais il eut bientôt un autre
sujet d'étonnement douloureux en constatant
l'état dans lequel se trouvaient les deux
jeunes gens.

— Qu'avez-vous donc fait ce soir ? leur demanda-t-il d'un air attristé au bout d'un
instant.

Ils lui répondirent tous deux en même
temps, ne voulant ni l'un ni l'autre se céder
la parole ; de sorte que le docteur n'entendit que ces mots : réception d'un sous-

lieutenant promu lieutenant, dîner, punch.

— Les malheureux ! pensa-t-il, si je les laisse faire, ils se querelleront dans cinq minutes ; je vais essayer de les conduire chacun chez eux et de les faire se coucher.

— Si nous faisions un tour de promenade dehors, leur dit-il ; il me semble que l'atmosphère de cette chambre est étouffante.

— Vous rêvez, docteur, lui répondit presque brutalement Lacombe, il fait très-bon ici ; est-ce que par hasard vous éprouvez le besoin de vous débarrasser de nous ?

— Tu as l'esprit mal fait ce soir, Lacombe, répliqua Maubert ; avouons tout de suite que nous avons bu un peu plus qu'il n'aurait fallu ; laissons Schultz tranquille et partons.

— Moi, reprit le spahis, je ne bois jamais ; ma sobriété est connue, mon petit ; et d'ailleurs je suis comme un tonneau sans fond, je puis verser dans mon estomac tout ce que je veux et être certain de ne pas me griser.

— Oh ! oh ! ricana Léonce, mais tu ne te doutes donc pas qu'en ce moment même tu es ivre comme un Polonais, comme un Suisse, comme un sonneur ?

— Moi, ivre ! s'écria Lacombe furieux. Il se leva pour se jeter sur Maubert, et ayant mal calculé la distance, il alla tomber sur le lit de Schultz consterné.

— Ma foi ! reprit-il, oubliant déjà sa colère et s'allongeant sur les couvertures, je me trouve bien ici, et j'y reste.

— Pouvez-vous m'aider à le déshabiller et à le coucher tout à fait ? demanda Schultz à Léonce avec l'accent de la compassion et de la pitié.

— Eh bien ! et vous, où coucherez-vous ? répliqua Maubert qui se dégrisait peu à peu.

— Oh ! qu'importe ! répondit Schultz en regardant autour de lui ; là, sur le divan ; mais avant de songer à cela, je vous accom pagnerai jusque chez vous.

Léonce commençait d'autant mieux à se

rendre compte de son état qu'il ne pouvait parvenir à tirer les bottes de Lacombe, qui ronflait déjà; il comprit la sollicitude du docteur, il eut honte et courba la tête en silence.

Un instant après, Schultz sortait de chez lui en laissant Lacombe profondément endormi et emmenant Maubert qui se laissait guider comme un enfant.

Arrivé à sa porte, Léonce chercha pendant cinq minutes sa clef dans sa poche sans pouvoir la saisir; il mit enfin la main dessus, mais il ne put trouver le trou de la serrure, et ce fut Schultz qui ouvrit, qui aida le lieutenant à gravir son escalier, à allumer sa bougie et à se mettre au lit. Cette dernière besogne achevée, le docteur se promena à pas lents dans la chambre, d'un air préoccupé, en jetant de temps en temps sur Maubert un regard furtif. Lorsqu'il le vit endormi, il le contempla avec tristesse, soupira, éteignit la lumière, descendit l'escalier, referma la

porte derrière lui et reprit le chemin de sa
maison.

Le lendemain, Maubert s'éveilla fort tard,
mal à l'aise, de méchante humeur, et ne con-
servant qu'un vague souvenir de ce qui avait
eu lieu la veille; il se rappelait seulement
d'une manière assez précise sa conversation
avec Lacombe dans le jardin du cercle; tout
le reste était confus, il ne savait même point
comment, ni avec qui il était rentré chez lui.

Selon son habitude, dès qu'il fut vêtu, il
monta sur sa terrasse; là un étrange spectacle s'offrit à ses yeux : une centaine de
moineaux gisaient sur le sol où l'on voyait
encore force grains de millet et de chènevis
et des baguettes dressées pour servir de
piéges aux innocents volatiles et couvertes
de glu. Il demeura stupéfait, se baissa pour
s'emparer d'un des moineaux dont les pattes
étaient couvertes du perfide engin et auquel
on avait bel et bien tordu le cou.

— Qu'est-ce à dire ? Qui a fait cela ? se

demanda-t-il consterné. Ceci n'avancera pas mes affaires avec la belle juive si elle se doute qu'un tel massacre a été commis chez moi ; heureusement que je suis bien décidé à me rendre au conseil de Lacombe.

Et d'une voix.de stentor il appela Jollivet qui accourut.

— Que signifie cette hécatombe ? lui demanda-t-il en désignant d'un geste presque tragique les cadavres des oiseaux.

— Je ne sais pas ce que c'est qu'un *hécatonque*, mon lieutenant, répondit le planton ; pour ce qui est des oisillons, vous avez dit qu'ils vous ennuyaient, et je leur ai fait une opération qui empêchera ceux qui sont restés sur le terrain de vous chagriner jamais.

— Triple brute ! sot animal ! s'écria Maubert hors de lui, je ne vous ai point ordonné de les tuer !

— C'est vrai, mon lieutenant, mais en vous en débarrassant j'ai cru vous être agréable, répliqua Jollivet avec le calme que communique l'habitude de l'obéissance passive.

— Comment avez-vous fait pour en faire périr un aussi grand nombre ? demanda en s'adoucissant Maubert qui, en présence de la quantité de moineaux mis à mort, ne s'expliquait pas le moyen d'extermination employé par Jollivet.

— C'est bien simple, répondit le soldat, j'ai fait détremper du millet et du chènevis dans une infusion de noix vomique ; mais comme les moineaux sont fins, pour être plus sûr de réussir, j'ai englué ces baguettes que vous voyez là, si bien que ceux qui ont été assez rusés pour refuser de manger ont été pris par les pattes ; alors je leur ai tordu le cou ; ça m'a un peu contrarié tout de même, parce que la damnée juive d'en face me regardait avec des yeux, oh ! mais, des yeux, comme si j'assassinais quelqu'un de la tribu des Beni-Israël.

— Assez ! assez ! dit Maubert, qui sentait

7

de nouveau la colère s'emparer de lui et qui
ne voulait point se commettre en injuriant
son domestique ; mais à l'avenir, s'il revient
des moineaux, laissez-les crier tout à leur
aise et vivre en paix.

Et il quitta la terrasse et sa maison pour
se rendre au bureau arabe.

Jollivet, qui n'aurait point inventé la
poudre ni autre chose, se grattait le front
d'un air rêveur comme pour en faire jaillir
une pensée qui ne sortait pas ; dès qu'il entendit retentir dans la rue le bruit des bottes
éperonnées de Maubert, il haussa irrespec-
tueusement les épaules en disant :

— Eh bien ! mon lieutenant est un bon
garçon, mais quel drôle de particulier de se
mettre si en colère parce que j'ai tué ces
méchants moineaux ! En voilà une histoire !

Vers onze heures, comme Maubert sortait
de son bureau pour aller déjeuner, il ren-
contra Lacombe qui venait au-devant de lui,
l'air pensif et baissant la tête.

— Nous ne déjeunons point ce matin à la pension, dit-il à Maubert sans le tutoyer comme la veille, mais avec Schultz qui m'a chargé de vous amener chez lui.

En ce moment la mémoire revint à Léonce; il revit Lacombe s'élançant sur lui, tombant sur le lit du docteur, s'y endormant, et tout ce qui avait suivi cet épisode, jusqu'à l'instant où Schultz l'avait aidé à se déshabiller et à se coucher lui-même.

— Savez-vous, demanda-t-il au spahis, pourquoi le docteur veut nous avoir à déjeuner?

— Si je ne le sais pas, répondit Lacombe, je m'en doute du moins; il s'agit d'un sermon que nous n'aurons pas volé.

— Où a-t-il couché? reprit Maubert continuant son interrogatoire.

— En m'éveillant, ce matin, dans son lit, j'ai éprouvé quelque surprise, répliqua Lacombe, qui paraissait honteux; puis en apercevant Schultz étendu sur son canapé, je me

suis souvenu de ce qui s'est passé hier. Oh !
ces maudits repas de corps et ce qui s'ensuit!
On ne m'y reprendra plus !

— Ni moi ; mais enfin que vous a dit le
docteur pour motiver son désir de nous avoir
à déjeuner?

— Rien que de fort simple: Vous me feriez
plaisir en allant chercher votre camarade
Maubert que vous ramèneriez ici ; nous dé-
jeunerions tous trois ensemble.

— Et vous lui avez obéi comme cela, sans
réflexion ?

— Que voulez-vous? répondit Lacombe en
faisant un geste d'impatience, avec ses manières froides et compassées, ce diable
d'homme exerce sur moi une influence que
je ne m'explique pas; de plus, je suis trop
ennuyé d'avoir été vu par lui dans l'état où
je me trouvais hier pour lui faire une observation ou une objection. Je m'en veux de la
stupide idée que j'ai eue de vous entraîner
chez lui.

— Ce n'est pas de cela qu'il faut nous en vouloir, reprit Léonce ; encore vaut-il mieux être allés nous cacher chez lui, qui est bon et indulgent, que d'être demeurés au cercle, où l'on n'aurait pas tardé à s'apercevoir de... Quant à moi, je ne me griserai de ma vie ; c'est honteux et cela rend trop malade. En entrant à mon bureau, il me semblait que tous les regards étaient fixés sur moi ; heureusement que le capitaine n'y était pas.

— Oh ! celui-là ne vous témoignerait aucun mécontentement lors même qu'il vous verrait ivre-mort ; plus vous vous abrutirez, plus vous lui ferez plaisir ; on ne redoute que ceux qui sont toujours de sang-froid.

— Eh bien ! il pourra me redouter désormais, reprit Maubert d'un air rageur.

A ces mots, le spahis courba la tête davantage ; il se rappelait que c'était lui qui avait constamment rempli le verre de son camarade et qui l'avait engagé à boire pendant toute la soirée.

Ils arrivèrent en causant ainsi chez Schultz, qui les reçut avec sa cordialité habituelle, et ils se mirent à table. Le repas était exquis; le docteur avait pour cuisinier un soldat franc-comtois, tombé à la conscription, qui avait fait ses études culinaires chez Klein, le célèbre restaurateur de Besançon; or, si la Franche-Comté est la province de France où l'on sait le mieux manger, Besançon est assurément la ville où l'art culinaire a atteint son plus haut degré de perfectionnement; et, de même que, selon Brillat-Savarin, on naît rôtisseur, tout Bisontin naît gourmet; c'est ce que Schultz expliqua gravement à ses hôtes qui, pour deux hommes ayant commis un excès la veille, étaient doués d'un formidable appétit et faisaient honneur au déjeuner en dégustant avec modération un joli vin de Lamalgue, tandis que Schultz se contentait de boire de l'eau pure, ce qui amena naturellement aux lèvres des jeunes gens cette question :

—Quoi ! docteur, vous ne buvez pas de vin ?

— Jamais ! répondit-il ; je vous dirai pourquoi en prenant le café tout à l'heure.

Le visage du bon Schultz reflétait, en ce moment, une expression si austère et si triste que ses convives en furent péniblement impressionnés.

— Oh ! pensa Lacombe, il nous a réservé le sermon pour le dessert ; c'est dommage, après un aussi agréable repas !

Léonce jeta un regard légèrement troublé sur le spahis, qui lui répondit par un mouvement d'épaules signifiant :

— Bah ! après tout, ce ne sera peut-être pas bien terrible.

Schultz surprit le regard de Maubert et le mouvement de Lacombe, et fit comme s'il n'avait rien vu ; on quitta la pièce qui était à la fois son salon et sa salle à manger, et l'on passa dans sa chambre, où étaient servis, sur un guéridon, le café et les liqueurs.

Les deux officiers prirent place sur le divan où Schultz avait couché la veille, et il s'assit en face d'eux, de l'autre côté du guéridon ; puis il leur offrit des cigares tandis que son planton versait du café dans les tasses.

— Vous ne reviendrez pas avant que je vous appelle, dit le docteur au planton qui se retirait.

— Ce début ne présage rien de bon, pensa Maubert en réprimant un soupir.

— Je vous ai promis, mes amis, dit Schultz, que je vous ferais connaître le motif pour lequel je ne bois jamais ni vin ni liqueurs ; c'est une lamentable histoire dont je suis le malheureux héros. Je venais de soutenir ma thèse pour le doctorat en médecine, car je ne me destinais point alors à la pharmacie, à Strasbourg, ma ville natale, qu'habitait ma famille, lorsque je fus nommé chirurgien sous-aide-major et désigné en même temps, par le ministre, pour prendre part à la seconde expédition à Constantine, qui eut lieu, comme vous le savez, au mois d'octobre 1837. Mon meilleur ami, mon camarade d'enfance, d'études, de collége, le fiancé de ma sœur, partait avec moi dans les mêmes conditions et avec le même grade.

Au moment où nous montions ensemble en diligence pour quitter Strasbourg, nos deux familles, qui nous avaient accompagnés jusque-là, nous recommandèrent l'un à l'autre en pleurant, et ma sœur Jane me prit à part et me dit :

— Pour moi, André, je ne te fais aucune recommandation particulière, car, tu le sais, s'il arrivait malheur à Marcel ou à toi, je serais inconsolable, j'en mourrais peut-être.

Je serrai la pauvre enfant sur mon cœur, plus ému que je ne le voulais paraître, et je m'élançai dans la voiture, où Marcel me rejoignit presque aussitôt.

Il ne cherchait point à dissimuler sa douleur et pleurait silencieusement.

7.

— Voyons, lui dis-je, aie du courage, sois homme !

— Oh ! me répondit-il, c'est justement parce que je suis homme que je souffre et que je pleure. Qui sait si jamais je reverrai Jane ?

— Eh bien ! repris-je, ne suis-je pas dans le même cas ?

— C'est différent, répliqua-t-il, elle est ta sœur ; à moins que tu ne sois tué, tu es certain de la trouver au retour, tandis que moi...

— Eh bien ?

— Elle peut m'oublier.

— Quant à cela, je réponds du contraire, je connais Jane, elle ne t'oubliera pas.

Schultz fit une pause et reprit :

— A quelque temps de là nous entrions en vainqueurs à Constantine, et, enfiévrés par le succès, nous nous livrions à des excès dont je rougis aujourd'hui. Marcel ne nous imitait guère ; doué d'une nature charmante, réservé et timide, il travaillait beaucoup et passait presque tout son temps dans les salles de l'hôpital ; cependant, un soir, j'aimais le vin à cette époque, je le fis boire presque malgré lui et je le grisai ; j'étais à peu près ivre moi-même, et, je ne me souviens plus à quel propos, nous eûmes une discussion assez vive, la première et la dernière, hélas ! Je m'emportai au point, ne sachant plus ce que je faisais, de frapper Marcel au visage ; ceci se passait à une table de pension, en présence de plus de trente officiers ou sous-aides. Marcel devint tout pâle, se dégrisa subitement et me dit :

— André, y as-tu songé ? Une telle insulte ne peut se laver qu'avec du sang ; nous nous battrons demain.

En achevant ces mots, il se leva et quitta la pension, suivi par plusieurs de nos camarades stupéfiés de ma conduite.

Mon ivresse céda sous le poids de mes regrets ; un profond désespoir m'envahit, et, prenant ma tête dans mes mains, je m'écriai dans une inexprimable angoisse :

— Nous sommes perdus !

C'est qu'en ce moment les conséquences de ma faute m'apparaissaient dans leur horrible réalité. Je savais que Marcel, justement parce qu'il était doux et calme, serait implacable dans sa résolution de se battre avec moi.

D'autre part, il y avait eu quelques jours avant, sous les murs de Constantine, un précédent, funeste pour nous, car si nous n'eussions pas eu le dessein d'une réparation par les armes, nos chefs nous y auraient contraints. Un officier d'administration et un sous-aide s'étaient querellés et injuriés gravement; puis, redevenus calmes, ils éludèrent l'un et l'autre, malgré l'avis contraire de la galerie, de se provoquer comme ils le devaient; les officiers de troupe, qui n'ont jamais eu beaucoup de sympathie pour le corps médical ni pour l'administration, en firent des gorges chaudes; l'affaire arriva aux oreilles du général Damrémont, com-

mandant de l'expédition, et l'irrita d'autant
plus qu'une lâcheté commise en face de l'ennemi, parmi l'état-major, peut avoir des
conséquences funestes par l'exemple sur
les soldats; il fit appeler simultanément le
chirurgien en chef, l'intendant général, le
comptable principal, et leur enjoignit d'or-
donner à leurs subordonnés de se battre.
Le duel eut donc lieu, mais, par une con-
vention tacite, les deux adversaires, dont la
pusillanimité était égale, tirèrent en l'air d'un
commun accord.

Le lendemain, ils étaient portés à l'ordre
du jour de l'armée et forcés de donner leur
démission.

Le général Vallée, qui avait succédé au
comte Damrémont dans le commandement
de l'expédition après la mort glorieuse de
celui-ci, était animé des mêmes sentiments
que son devancier, et, malgré l'amitié qui
nous liait, Marcel et moi, nul n'ignorait
qu'une rencontre entre nous était inévitable.

Je tentai néanmoins une démarche auprès
de notre chirurgien en chef. J'étais d'une
force remarquable à l'escrime et au pistolet,
et je pensais avoir assez fait mes preuves de
vaillance pendant le cours de l'expédition
pour que l'on ne pût me suspecter de couar-
dise. Je fis valoir ces raisons, mais il me fut
invariablement répondu que mon ami ne
pouvait, lui, invoquer son adresse; que si
mon honneur demeurait intact, il n'en serait
pas de même du sien; que, d'autre part,
l'honorabilité du corps médical se trouvant
intéressée dans cette circonstance, aucune
transaction n'était possible, surtout après ce
qui avait eu lieu précédemment.

— Eh bien ! je donne ma démission, dis-je
à mon chef.

— Vous la donnerez après le duel si cela
vous convient, me répondit-il, mais je ne
l'accepte point quant à présent; si vous
refusez de vous battre, vous serez à l'ordre
du jour et vous irez en prison jusqu'à ce que

votre résolution se modifie. Les ordres du général Vallée sont formels ; il préfère dix duels, dût mort d'homme s'ensuivre, à l'apparence d'une lâcheté ; c'était à vous d'y penser ; d'ailleurs votre ami, j'en suis informé, est parfaitement décidé à exiger de vous la réparation que vous lui devez. Aussi, pourquoi vous êtes-vous enivré ? Ceci vous servira de leçon.

Je le quittai, fou de douleur et bien décidé à terminer cette horrible affaire par ma propre mort ; mais mes camarades, comprenant ce qui se passait en moi, ne me laissèrent pas seul une minute ; d'autorité, plusieurs d'entre eux s'instituèrent mes gardes du corps, et se relayèrent même dans ma chambre, auprès de mon lit, pendant la nuit qui suivit et durant laquelle les dernières paroles de ma sœur furent sans cesse présentes à ma mémoire.

Le lendemain matin les témoins de Marcel se présentèrent pour régler avec les miens les conditions de notre rencontre ; ils étaient émus, car aucun d'eux n'ignorait à quel point nous étions liés, Marcel et moi.

On me dit que celui-ci, tout en regrettant ce qui avait eu lieu entre nous, était parfaitement résolu et calme.

— C'est peut-être un pressentiment, pensai-je, c'est lui qui me tuera; mais son avenir n'en sera pas moins brisé par ma faute: Jane n'épousera point mon meurtrier.

On finit quelquefois par espérer ce qu'on désire, et, bien que mon cœur fût littéralement broyé, cette idée que je serai peut-être tué me rendit quelque apparence de courage.

Après bien des tergiversations, les témoins convinrent que le combat aurait lieu au pistolet, car Marcel s'était montré aussi indifférent que je l'étais moi-même sur le choix des armes; des deux pistolets, l'un seulement serait chargé à balle, on les placerait dans une corbeille couverte, nous prendrions chacun le nôtre au hasard et nous tirerions en même temps en marchant en avant.

Une heure après, nous étions sur le terrain, où Marcel et ses témoins parurent comme j'y arrivais avec les miens.

Mon pauvre ami marchait la tête haute, l'air assuré, mais ses yeux évitaient de rencontrer les miens. Je n'y pus tenir, et je lui criai dans un sanglot :

— Marcel, veux-tu que nous nous embrassions avant ?

Il vint à moi, je l'étreignis contre ma poitrine, avec quelle angoisse, mon Dieu !

— Ce n'est pas celui qui mourra, si l'un de nous doit succomber, qui sera le plus à plaindre, me dit Marcel ; c'est le malheureux qui survivra ; mais, sache-le bien, André, si tu me tues, je te pardonne comme je te prie de me pardonner si je reste . . . .

. . . .

On nous plaça, l'un des témoins frappa trois fois dans ses mains ; à la troisième, sans

faire un pas en avant, je tirai en fermant les
yeux; les deux coups de feu partirent simultanément, mais j'étais debout sans blessure,
alors Marcel...

J'entendis un grand cri, je chancelai, j'ou-
vris les yeux; mon ami gisait étendu sur le
sol, nos témoins l'entouraient déjà; éperdu,
je m'élançai vers lui; ma balle l'avait frappé
au front; il était mort.

Je tombai privé de sentiment sur son cadavre. Ce qui se passa ensuite, je l'ignore.
Quand je rouvris les yeux, plusieurs semaines
s'étaient écoulées depuis l'horrible événement; une fièvre cérébrale m'avait épargné
les premières crises du désespoir. Au moment où, sans que la mémoire me fût encore
revenue, ma faiblesse me permit de distinguer et de comprendre ce qui se passait autour de moi, je vis plusieurs de mes camarades penchés sur mon lit et me regardant
avec attention; cela me fit l'effet d'un cau-
chemar, je me hâtai de refermer les yeux,

mais on me fit avaler quelques gouttes d'un cordial, et je m'endormis.

A mon réveil j'entendis des voix qui chuchotaient dans ma chambre, et, avec l'acuité de sens que communique la maladie, je ne perdais pas une de leurs paroles.

— Le major a bien recommandé, disait-on, qu'on l'appelle aussitôt que Schultz reviendra à lui.

— Il est prévenu et va arriver, répondit-on, car André ne peut tarder maintenant à s'éveiller.

Je n'avais pas bien encore le sentiment de ma personnalité, l'énonciation de mon nom me le rendit.

Au même instant quelqu'un reprit :

— Pauvre garçon, le souvenir lui fait encore défaut ; nous pouvons nous attendre à une scène terrible dès qu'il reprendra la possession complète de soi-même.

— Prenez garde ! répliqua-t-on, il peut vous entendre.

C'était évidemment de moi qu'il s'agissait; que m'était-il donc arrivé de si affreux pour que l'on redoutât mon réveil ? Je cherchais à m'en rendre compte, lorsqu'une lueur d'intelligence éclaira tout à coup les ténèbres qui obscurcissaient mon cerveau et me rendit subitement la mémoire.

Il me sembla que mon cœur se déchirait, et, par une force et une surexcitation soudaines, je me dressai debout sur mon lit en criant d'une voix désolée :

— Marcel ! Marcel ! Où est Marcel ?

Et brisé par l'effort, je retombai sanglotant et me couvrant le visage de mes deux mains.

— Vous êtes bien malheureux, en effet, me dit, en écartant mes mains, notre médecin-major qui s'était assis auprès de mon lit; mais vos amis comptent assez sur votre honneur pour penser que, quelque amère que vous soit désormais l'existence, vous aurez le courage de ne point la déserter.

— Mes amis ! dis-je en songeant à Marcel et en frisonnant.

— Votre mère, reprit le major, doit être profondément atteinte par ce qui est arrivé à Marcel, par la douleur de votre sœur ; si elle vous perdait encore, ce serait affreux ; vous devez vivre pour elle et pour la consoler plus tard d'un malheur dont la responsabilité ne vous incombe pas tout entière.

Ces derniers mots du major me firent comprendre qu'il blâmait nos chefs de nous avoir poussés à ce duel plutôt que de l'empêcher, ce qui, dans d'autres circonstances, eût été leur devoir.

Mais je ne m'arrêtai point à cela dans ce moment, et je poussai le cri de l'égoïsme humain :

— Et moi, qui me consolera ?

— Il ne s'agit pas de vous, me répondit froidement le major ; il s'agit de votre mère ; vous, vous ne devez songer qu'à être utile aux autres en expiant.

— C'est vrai, répliquai-je profondément remué, je souffrirai tant, que mon pauvre Marcel sera vengé.

— N'exagérez rien, reprit le major, votre ami est heureux d'être débarrassé de ce haillon qu'on nomme la vie ; consacrez-vous aux vivants qui souffrent ; c'est là seulement que se trouvera votre allégement.

Il me parla longuement encore de ma mère et ne se retira qu'après avoir obtenu ma parole d'honneur que je ne me tuerais point.

Plus tard, j'appris qu'il avait adressé lui-même à mon père une lettre très-émue afin de m'innocenter autant que possible de la mort de mon ami ; mais mon père fut inflexible et ne me pardonna point ; ma mère seule demeura en correspondance avec moi et me plaignit sans me faire de reproche.

Quant à Jane, elle ne connut le malheur qui la frappait que quelque temps après, et ne sut la vérité tout entière que par une indiscrétion.

J'entrais en convalescence lorsque je reçus d'elle une lettre qui ne contenait que ces mots :

« Caïn ! qu'as-tu fait de ton frère ? »

Quel châtiment ! quelle expiation !

Ma sœur ne put survivre à ses espérances; elle succomba cinq mois après son fiancé, et mon père mourut à son tour sans vouloir se réconcilier avec moi.

Ma mère restait donc seule ; elle vint se fixer où j'étais, acceptant la rude existence qui m'était faite, la partageant et changeant avec moi de garnison quand il le fallait... J'abandonnai alors la chirurgie et la médecine pour passer dans la pharmacie et avoir un poste plus stable qui me permît de donner à celle qui se dévouait avec tant d'abnégation et de tendresse à ma triste destinée une installation moins précaire et plus confortable.

Quelques années après l'arrivée de ma mère auprès de moi, j'eus la consolation suprême, en lui fermant les yeux, de lui entendre me dire :

— André, Dieu t'a absous ; ton expiation a bien racheté ta faute... tu es un honnête homme, et ta mère en mourant te bénit.

Mais l'expiation véritable, profonde, ne commença en réalité qu'après la mort de ma mère qui me laissait seul au monde. Je n'avais plus de famille, je ne voulais point m'en créer, redoutant que les enfants qui pourraient me survenir, apprenant mon passé, ne me prissent pour un monstre ; l'amitié avait été cause d'un trop grand malheur pour moi pour que je songeasse à me lier intimement avec aucun être humain ; c'est pourquoi je me passionnai pour les sciences naturelles, qui ne causent jamais ni douleur ni remords.

Voilà pourquoi aussi je ne bois ni vin ni liqueurs, et pourquoi je vous supplie de ne point vous laisser entraîner ici par la contagion de l'exemple.

Pensez aux conséquences de l'ivresse qui

nous place au niveau de la brute en nous privant de notre libre arbitre. Hier, si je n'eusse été présent au moment de votre discussion, peut-être, après vous être injuriés, vous seriez-vous frappés, sauf à en être ensuite au désespoir.

Ce récit m'a énormément coûté ; je n'ai jamais dit ma vie à personne, et l'intérêt très-réel que je vous porte à tous deux a pu seul me faire rompre le silence qui scelle mes lèvres depuis vingt ans.

V

— L'histoire de ce malheureux Schultz est navrante, dit Maubert à Lacombe dès qu'ils eurent franchi le seuil de la maison du docteur.

— Oui, répondit Lacombe, et me voilà guéri pour toujours, je l'espère, de mon maudit penchant pour l'absinthe ; et vous ?

— Moi? Je n'ai jamais été malade, répliqua Maubert en souriant; je ne sais comment il s'est fait que je me sois grisé hier;
ce n'est ni dans mes goûts ni dans mes habitudes; c'était la première fois que cela m'arrivait, la dernière aussi, j'en suis certain.
Ce qui me préoccupe en ce moment, c'est ce
pauvre Schultz. Quelle triste vie que la sienne!
Nous serons meilleurs pour lui à l'avenir,
n'est-ce pas? Il faudra le voir plus souvent
et lui passer ses manies scientifiques, puisqu'elles sont son unique consolation.

— Et nous y associer même, reprit Lacombe.

— Assurément! dit Léonce avec une vi-
sible distraction.

— Ah! s'écria le spahis, je m'imagine que
ce n'est plus le docteur qui vous occupe en
ce moment, mais la belle juive.

— Eh bien! oui; tout va mal de ce
côté.

Et Léonce s'empressa de raconter à Lacombe, qui ne put se défendre d'en rire, le meurtre des moineaux accompli par Jollivet.

— Certes, reprit Lacombe, ceci ne contribuera point à vous attirer les bonnes grâces de Rahel; mais nous ne sommes pas loin de la boutique de Schemouïl : si nous allions immédiatement lui faire nos propositions?

— Rien ne s'y oppose, répondit Maubert, rêveur.

Ils se remirent en marche en hâtant le pas.

— Ce que nous faisons là n'est pas bien, reprit Léonce.

— Il est temps encore de reculer, répondit Lacombe; mais si Rahel veut vous aimer, où est le mal? Vous ne trompez personne.

— Allons, allons, le sort en est jeté, et, puisqu'il en est ainsi, j'ai hâte de terminer cette affaire, répliqua Maubert avec une impatience fébrile.

Le magasin qu'occupait Schemouïl (Samuel) n'avait pas même l'aspect de la plus

misérable boutique d'un bourg de province ;
c'était tout simplement une sorte d'échoppe
exiguë où s'entassaient pêle-mêle de vieux
chaudrons défoncés, des casseroles à étamer ;
dans un coin un réchaud, dans l'autre un
petit établi, une enclume, un outillage peu
compliqué ; et, sur les rayons, ou plutôt des
tablettes appliquées aux murs, des bijoux
d'or et d'argent, quelques bracelets de prix,
des chaînes, des boutons d'oreilles et d'autres
objets de valeur, car Schemouïl cumulait le
métier de fabricant de bijoux et celui de ré-
parateur d'ustensiles de ménage , sa clientèle
assez restreinte, dans ces branches d'industrie, ne lui permettant point de se consacrer
à l'une à l'exclusion de l'autre. Les méchantes
langues de l'endroit profitaient de cette circonstance pour prétendre que Schemouïl se
livrait à des alliages et à des mélanges de
métaux qu'eût réprouvés le contrôle de la
garantie ; mais comme il n'existait point
d'essayeur des matières d'or et d'argent à

Aïn-Beïda, le bijoutier-chaudronnier n'en continuait pas moins paisiblement son commerce.

Quant à lui personnellement, c'était un beau garçon de vingt-cinq à trente ans, ayant conservé dans toute sa pureté le type hébraïque oriental : nez aquilin, grands yeux noirs rêveurs, bouche un peu large, mais admirablement meublée; taille élancée, port digne, et le reste.

Né sous la domination française, il était par conséquent moins servile que ses coreligionnaires plus âgés, auxquels l'asservissement turc et arabe a laissé les caractères indélébiles de l'esclavage : la souplesse, la ruse, la perfidie et l'effarement; cependant il lui restait quelque chose de tout cela, à un degré inférieur il est vrai; il est vrai aussi que les Européens, en Algérie, en dehors des grands centres tout à fait civilisés, imitent assez facilement le système turc en maltraitant les Arabes et les juifs surtout; mais tout est re-

8.

latif, et le peuple d'Israël se trouve heureux comparativement, car s'il est quelquefois encore battu, il n'est du moins plus volé ni dépouillé de ses biens.

Schemouïl, les jours de fête, portait, avec une certaine grâce, un costume maure, d'étoffe fine aux couleurs voyantes, et se coiffait, non sans quelque désinvolture, d'un vaste turban rouge et blanc, coquetterie qui lui attirait, au passage, les invectives des croyants, qu'il supportait sans avoir l'air de les entendre, car sous la domination arabe elle lui aurait coûté la vie. Les juifs étaient alors contraints de se vêtir uniformément d'un affreux sayon noir et de n'avoir pour couvre-chef qu'une calotte de même couleur; le burnous leur était interdit, et lorsqu'ils rencontraient un musulman dans la rue, ils devaient lui céder le pas, se retirer du côté gauche ou même au centre de la chaussée.

La conquête a modifié ces coutumes vexatoires, mais le mépris d'une part, la haine séculaire de l'autre, existent toujours à l'état latent, prêts à se manifester au moindre choc; et, comme nous sommes un peuple charmant et facile à l'assimilation, le tout a déteint sur nous. Il en résulte que nous maltraitons, à part égale ou à peu près, les ismaélites et les israélites, ce qui facilite étrangement la pacification.

Lorsque Schemouïl vit entrer chez lui les deux officiers qui pouvaient à peine se mouvoir dans l'étroite boutique, il éprouva une stupéfaction qui n'était pas exempte de crainte. Que lui voulaient ces représentants de l'autorité? Ils ne faisaient point partie de sa clientèle habituelle; il ne les connaissait même que par leur grade, pour les avoir vus passer, et par leurs fonctions, pour avoir entendu parler d'eux.

Le silence est la mise en garde et la défense des faibles; Schemouïl jeta sur les jeunes gens un regard empreint de défiance, les salua et attendit.

— Es-tu seul ? lui demanda aussitôt Maubert.

— Non, seigneur, répondit-il, mon apprenti est là dans l'arrière-boutique.

— Bien ; fais-nous voir quelques bijoux.

Le juif s'exécuta. Léonce fit un choix assez restreint de menus objets, puis il reprit :

— Tu m'apporteras cela, ce soir, à neuf heures, chez moi. Tu comprends, toi-même ; je ne veux pas que tu l'envoies.

La physionomie de Schemouïl exprimait une anxiété si complète, un effroi si profond, que Maubert eut pitié de lui.

— Imbécile ! lui dit-il tout bas, que redoutes-tu ? loin de te vouloir du mal, je veux faire ta fortune.

Lacombe se mit à rire, et, frappant sur l'épaule de l'israélite, il ajouta :

— C'est vrai, ce qu'il te dit là ; tu ne retrouveras jamais une occasion semblable si tu es assez sot pour laisser échapper celle qu'on t'offre en ce moment.

Après ces derniers mots, les officiers se
retirèrent.

— Ma fortune! ma fortune! murmurait
Schemouïl pensif en frappant sur son enclume
à petit bruit, pourquoi et comment veulent-
ils faire ma fortune? N'est-ce point un piége
qu'ils me tendent? mais dans quel but? J'ai
peur! N'importe, je me risquerai.

Il se risqua, en effet, et à neuf heures il
heurtait la porte de Maubert, qui, ayant pris
la précaution de congédier Jollivet, vint
ouvrir lui-même.

Léonce introduisit Schemouïl dans sa
chambre, où se trouvait déjà Lacombe, assis
devant une table sur laquelle étaient posés
une boîte à cigares et un échiquier armé de
son jeu d'échecs.

— Ah! ah! pensa le juif, ce qu'ils ont à me
dire doit être bien sérieux, puisqu'ils s'abs-
tiennent de boire; voilà la première fois que
je pénètre chez des militaires sans constater
la présence de nombreux flacons autour d'eux.

Maubert reprit auprès de Lacombe la place qu'il avait quittée pour aller ouvrir à Schemouïl, qu'il laissa debout et auquel il demanda sans préambule :

— Combien gagnes-tu par an?

Une telle question n'était pas de nature à rassurer le jeune industriel; il baissa les yeux et répondit d'une manière évasive en se plaignant de la rigueur des temps. Peut-être soupçonnait-il les deux officiers de vouloir prélever sur lui un impôt direct.

Lacombe devina sa pensée et dit :

— Tu te méprends sur nos intentions ou plutôt sur celles de mon camarade; il veut te donner et non te prendre; tu es un idiot si tu ne le comprends pas.

— D'abord, seigneurs, répliqua Schemouïl se gardant bien de répondre catégoriquement, voici les bijoux que vous m'avez commandés.

Maubert, impatienté, haussa les épaules, poussa sur un coin de la table, sans même en vérifier le contenu, le petit paquet que venait de lui remettre Schemouïl, le paya et reprit :

— Arrivons au fait : Je veux te proposer un marché, libre à toi de l'accepter ou de le refuser; mais si tu avais jamais le malheur de rapporter à qui que ce soit au monde un seul mot de ce que tu vas entendre, en vertu de mon autorité je te ferais arrêter et conduire nuitamment à la frontière du Maroc, avec défense de remettre jamais les pieds sur le sol français.

Cet exorde peu rassurant terrifia l'israélite; il blêmit, ses jambes fléchirent, et il fut contraint de s'adosser au mur pour se soutenir. Il connaissait assez les habitudes des bureaux arabes pour ne point douter de la réalisation de la menace, s'il y avait lieu.

— Je vous écoute, seigneur, répondit-il tremblant.

— De quel pays es-tu ? répliqua Maubert.
— De Chellallah.
— Bien ! demain tu te présenteras à mon

bureau à l'heure de l'audience, tu me diras
que tu veux te marier, mais que tes papiers
sont à Chellallah, que tu désires les faire venir; tu solliciteras pour cela l'intervention du
bureau et tu me remettras les quarante francs
que voici pour solder le voyage de l'estafette
qui ira dans ton pays chercher ces papiers.

Schemouïl reçut les deux pièces de vingt
francs et les glissa dans sa poche en se disant,
en dépit de sa peur, que c'était toujours
autant de pris sur l'ennemi.

— Pendant le temps que tu attendras tes
papiers, tu t'aboucheras avec Mohamed-ben-
Bachir, le propriétaire de la maison contiguë
à celle où nous sommes, reprit Maubert; tu
la lui loueras, ce qui sera d'autant plus facile
qu'il ne l'habite point. Je t'autorise à en payer
la location six cents francs par an; il n'en exige
que quatre cents, mais ton bénéfice ne me regarde point; la location faite, je mettrai deux
cents francs à ta disposition pour l'achat d'un
mobilier...

Ici Maubert fit une pause, afin de se donner le temps de la réflexion, sans doute ; il leva les yeux sur Schemouïl qui le regardait d'un air d'étonnement stupide et méfiant, et il continua d'une voix plus basse et légèrement altérée :

— Puis tu iras trouver le rabbin Isaac, tu lui demanderas sa fille Rahel en mariage, tu l'épouseras ; mais elle ne sera ta femme que nominalement, jusqu'au moment où je quitterai Aïn-Beïda ; alors tu la garderas ou tu la répudieras, à ton choix. Pour ce marché, je te compterai chaque mois une somme de cent cinquante francs, plus les présents que je ferai nécessairement à Rahel ; mais je dois te prévenir que je suis horriblement jaloux et que s'il te prenait fantaisie, ayant le fruit savoureux sous la main, d'y porter la dent, je me vengerais, sois-en assuré. Me comprends-tu ?

— Parfaitement ! répondit le juif avec un accent profond qui fit tressaillir les **deux** tentateurs.

— Connais-tu Rahel? répliqua Maubert surpris; l'aimerais-tu par hasard?

— Je la connais, dit Schemouïl; mais comme je ne pouvais songer à l'épouser parce qu'elle est pauvre et que je le suis moi-même, je n'ai jamais levé les yeux sur elle, afin de ne point laisser surprendre mon cœur par sa beauté.

— Eh bien! alors pourquoi cet air malheureux? Que t'importe qu'elle m'appartienne?

— C'est une fille de ma race, répondit l'israélite avec une certaine dignité, et vous voulez faire de moi l'instrument de son déshonneur et de sa honte!

— Imbécile! qui le saura? interrompit Lacombe.

— Le Dieu d'Abraham, vous et ma conscience.

— Dieu est bien haut! répliqua Maubert, et ce n'est pas nous qui aurons le droit de t'en vouloir; quant à ta conscience, tu pourras t'arranger avec elle ; je te ferai don, en toute propriété, de la maison de Ben-Bachir, ceci achèvera de lever tes scrupules. Maintenant, tu peux te retirer ; je t'accorde douze heures de réflexion ; si tu acceptes, présente-toi demain à mon bureau, ainsi que je te l'ai indiqué ; si tu refuses, fais le mort, je saurai ce que cela signifie.

— Victoire ! s'écria Lacombe dès que Sche-mouïl fut parti, je gagerais cent contre un, la nuit portant conseil, qu'il consentira.

— Et moi, je n'en suis pas aussi certain, répondit Maubert ; du diable si je m'imaginais rencontrer des scrupules chez ce petit juif !

— Scrupules que fera crouler l'agréable pensée de devenir propriétaire d'une maison et de nombreuses pièces de cent sous.

— C'est singulier, reprit Maubert, je sais que je commets une vilenie, et je n'ai nulle envie d'enrayer : le démon s'est emparé de moi.

— Ce démon n'est autre que la beauté incandescente de la fille du rabbin et votre *toquade* pour elle.

— Véritable *toquade,* en effet, car il me semble que je deviendrais fou s'il me fallait renoncer à l'espoir de la posséder. M'aimera-t-elle? Là est toute la question.

— Elle vous aimera, mon camarade, répondit en se levant Lacombe-Méphistophélès; vous êtes jeune, joli garçon, robuste et assez riche pour satisfaire aux fantaisies que peut concevoir Rahel dans l'horizon assez restreint d'Aïn-Beïda. Que faut-il de plus pour conquérir une femme comme elle?

— Rien, assurément! répliqua Léonce.

Il accompagna Lacombe jusqu'à la porte, et remonta chez lui en proie à une tristesse qu'il se refusa à mettre au compte des remords préconçus avant la faute.

Dans les dispositions d'esprit où il se trouvait, il ne pouvait songer à dormir; il alluma un cigare, se rendit sur sa terrasse et se mit à contempler celle où il voyait quelquefois Rahel.

La maison rabbinique était plongée dans le silence et l'obscurité; involontairement Léonce songea au massacre des moineaux, poussa un soupir, rentra dans sa chambre, prit son violon en se disant :

— Si elle m'en veut, elle ne viendra pas.

Il joua pendant plus de deux heures, se tournant, à de fréquents intervalles, vers la fenêtre, comme s'il espérait voir la juive sur sa terrasse; mais elle ne parut point, et il se mit au lit dans un accès d'indicible colère contre elle et de dépit contre lui-même.

Le lendemain, comme il ouvrait sa fenêtre en se levant, il surprit Rahel qui venait saluer le soleil et qui ne s'attendait point à voir son voisin levé d'aussi bonne heure.

Au lieu de s'enfuir ainsi qu'elle faisait d'habitude, elle se retourna, le regarda en face d'un air méprisant et courroucé, tandis qu'il cherchait, par une mimique expressive, à lui

expliquer qu'il était innocent du crime
commis par Jollivet.

Mais, soit qu'elle ne le comprît point ou
qu'elle se refusât à le comprendre, Rahel
soutint son regard sans le moindre trouble,
ses yeux exprimèrent plus de dédain encore,
et elle se retira à pas lents sans s'occuper
davantage de lui.

— Allons! se dit-il tristement, je croyais
être presque au cœur de la place, et j'ai au
contraire passablement reculé; c'est un siége
à refaire.

VI

Pendant le mois qui suivit, malgré leur
résolution d'être meilleurs et plus attentifs
pour Schultz, Lacombe et Maubert le virent
moins fréquemment, et l'excellent docteur,
qui ne pouvait attribuer leur refroidissement

qu'à l'effet produit par ses confidences, pensait en toute humilité que leur affection pour lui avait diminué depuis qu'ils connaissaient son passé douloureux.

— C'est justice, se disait-il ; maintenant qu'ils savent que j'ai tué mon ami, je leur inspire de l'aversion, de l'horreur ; n'importe, si je les ai préservés et sauvés de l'ivrognerie, je dois encore me tenir pour satisfait.

Et Schultz supportait sa peine et son abandon avec résignation. Mais il se trompait sur les causes de celui-ci ; Maubert était fort occupé, et occupé secrètement, ce qui le gênait d'autant plus, des préparatifs du mariage de Schemouïl avec la fille du rabbin. Selon les prévisions de Lacombe, l'israélite, après avoir étouffé les révoltes de sa conscience, avait souscrit au marché qu'on lui proposait, les fiançailles étaient accomplies et le mariage devait avoir lieu dans quelques jours.

La population juive, qui n'avait jamais

soupçonné Schemouïl de posséder la plus
légère économie, était surprise des dépenses
qu'il faisait; les matrones ne tarissaient point
à son égard des louanges les plus exagérées.

— Voilà, disaient-elles, un garçon comme
il y en a peu, modeste, sage; ses doigts ne
laissent point échapper l'argent, il a su conserver le sien pour en faire bon usage. Ah!
Rahel est bien heureuse de devenir la femme
d'un tel homme : ses enfants auront leur pain
assuré.

Tandis que les commères devisaient ainsi,
proposant le destin de Schemouïl et de Rahel
comme exemple à la jeunesse de l'endroit,
le malheureux orfévre-chaudronnier, devenu
l'âme damnée de Maubert, se désespérait et
maudissait le monde et la vie.

Depuis trois semaines environ, fiancé à la
fille du rabbin, la voyant chaque jour, passant ses soirées auprès d'elle, il s'en était
épris, il l'aimait, et, pris dans son propre
piége, il ne savait comment le fuir.

Quant à Maubert, il poursuivait son projet sans se soucier de rien, ne songeant qu'à posséder Rahel, dont il espérait bien se faire aimer un jour.

Ne voulant mettre personne dans son secret que Lacombe et Schemouïl, Maubert, sous un prétexte futile, envoya son domestique Jollivet passer une semaine à récolter du fourrage, et profita de son absence pour faire percer au fond de sa chambre, dans une sorte de cabinet qui lui servait de bibliothèque et dont il avait toujours la clef sur lui, une porte de communication avec la maison voisine; cette porte donnait elle-même dans une espèce de couloir attenant à la chambre que Schemouïl faisait arranger pour lui et sa femme.

Bien qu'il fût à peu près assuré de son triomphe, une chose ne laissait pas que d'inquiéter Léonce, la froideur ou plutôt le dédain persistant de Rahel; en vain passait-il la moitié de ses nuits à jouer du violon, ses

9.

fenêtres ouvertes, la fille du rabbin ne paraissait plus sur sa terrasse ; si, par hasard,
il la rencontrait dans la rue, elle détournait
les yeux avec une affectation voisine de la
haine. Et Maubert, à qui n'échappait aucune
de ces manifestations peu sympathiques, était
aussi torturé que Schemouïl, car lui aussi
avait fini par s'éprendre sérieusement de la
belle juive.

C'est sur ces entrefaites que le mariage
fut célébré, selon le rite hébraïque, et avec
un cérémonial qui n'a guère dû être modifié
depuis Abraham et Jacob, car, plus encore
dans les pays orientaux qu'en Europe, le
peuple d'Israël tient à ses coutumes, et est le
conservateur fidèle de la tradition.

Après que les convives et les parents se
furent retirés, les deux époux étant seuls
dans leur chambre, Schemouïl, éperdu, pâle,
tremblant comme un condamné à mort,
s'assit dans un coin sans adresser une parole
à sa femme, qui le considérait avec une sur-

prise croissante, presque avec effroi, car les traits du jeune homme, sa physionomie égarée, revêtaient l'expression du plus effroyable désespoir.

Rahel se disposait à interroger son mari, lorsqu'un léger bruit venant du couloir la fit tressaillir ; elle se tourna de ce côté et aperçut, avec une stupéfaction jointe à une instinctive terreur, Maubert qui cherchait en vain à dissimuler son embarras sous une attitude hautaine et assurée.

— Que signifie ceci ? demanda-t-elle à Schemouïl.

— Cela signifie, répondit le misérable en se traînant aux genoux de Léonce, impassible, que je suis le plus malheureux des hommes ; que je suis le domestique, l'esclave du lieutenant ; qu'il peut, s'il le veut, me faire couper la tête et que tout ici lui appartient.

Seigneur, continua-t-il, reprenez tout ce que je tiens de vou ; mais ne me ravissez point l'honneur. Soyez généreux, laissez-moi partir avec cette femme qui est la mienne devant Dieu ; vous n'entendrez plus jamais parler de nous, et nous passerons notre existence à vous bénir.

— Chien ! dit Maubert se contenant à peine, serrant les dents de rage et le repoussant du pied, est-ce ainsi que tu respectes tes engagements ?

— Pourrai-je enfin savoir de quoi il s'agit ? demanda Rahel, toujours calme, mais si pâle qu'on eût pu la prendre pour une statue.

— Écoutez-moi, Rahel, reprit Maubert sans s'occuper davantage de Schemouïl accroupi sur le sol et continuant à gémir, je vous aime depuis mon arrivée à Aïn-Beïda ; j'ai fait tout ce qui était en mon pouvoir pour vaincre cette passion, je n'ai pas réussi ; alors, j'ai cherché à attirer votre attention, à vous contraindre à vous occuper de moi ; j'espérais que vous m'aimeriez à votre tour.

Il n'en a rien été; et comme je me déses-
pérais, sachant que je ne pouvais vous
épouser, votre religion s'y oppose, et votre
père, conservateur et exécuteur de vos lois,
n'aurait jamais consenti à une telle union,
un de mes amis, ce n'est pas de moi qu'est
venue cette idée, m'a engagé à acheter cet
homme, — il désigna Schemouïl, — afin
qu'il vous épousât nominalement, à la condition qu'il ne serait jamais effectivement
votre mari et que vous m'appartiendriez le
jour même de la célébration de votre mariage
avec lui.

— Ainsi, répondit Rahel sans témoigner
ni colère ni surprise, je suis le prix de cet
odieux trafic ?

En disant ces mots, elle regarda Maubert
bien en face; il ne put soutenir l'éclair indigné de ses yeux et courba la tête.

— Va, reprit-elle en s'adressant à Schemouïl, tu es un lâche, la honte et l'opprobre
d'Israël; je te maudis au nom de toute la com-

munauté outragée et avilie dans ma personne.

Schemouïl jeta un cri d'angoisse et se couvrit le visage de ses deux mains.

— Quelle admirable créature ! pensa Maubert, et que je vais être heureux si elle veut m'aimer !

— Et maintenant, monsieur, dit avec son grand air Rahel au lieutenant, puisque vous m'avez achetée et que je vous appartiens, je suis prête à vous suivre.

Maubert, tant soit peu honteux du rôle qu'il s'était créé, s'empara du bras de la juive, le posa doucement sur le sien, se dirigea vers le couloir, qu'il ferma à clef après l'avoir traversé, prit la même précaution pour la porte de communication qui séparait la maison de Ben-Bachir de la sienne, et quand il fut entré dans sa chambre, tenant encore Rahel serrée contre lui, il s'aperçut qu'elle tremblait.

— Qu'avez-vous ? lui demanda-t-il avec une sollicitude inquiète.

— Rien, répondit-elle en se laissant tomber sur une chaise.

Alors il se jeta à ses genoux, essaya de la toucher par le récit de l'ennui qu'il avait éprouvé en arrivant à Aïn-Beïda; il lui dépeignit en termes éloquents les tristesses de sa solitude, dont elle pourrait, si elle le voulait, faire un paradis; mais Rahel demeurait impassible; les yeux rivés au sol, on eût pu croire qu'elle ne l'entendait pas.

— Je vous le jure, ajouta Maubert, je ne suis point un malhonnête homme; l'amour seul ma conduit à commettre un acte que vous trouvez répréhensible, odieux même; mais mon but est de vous rendre heureuse; vous verrez combien je vous aimerai, combien je serai tendre et respectueux pour vous; et d'ailleurs personne ne soupçonnera jamais notre amour; vos jours seront à vous, vous les passerez comme vous l'entendrez, dans votre maison; vos nuits seules m'appartiendront; mon cœur sera à vos pieds,

Rahel, dans le profond mystère de cette petite chambre, qui devient un sanctuaire pour moi puisque vous y êtes entrée.

— Il n'est point de mystère pour Dieu, qui voit tout, dit-elle.

— Eh! que nous importent Dieu et le monde! s'écria Maubert, en proie au paroxysme de la passion; mon Dieu, c'est toi que j'adore...

— Vous blasphémez, répliqua-t-elle.

— Je blasphème, je suis fou, soit, reprit-il, en lui prenant la main et en la baisant, mais laisse-moi t'aimer et dis-moi que tu m'aimeras plus tard quand tu me connaîtras mieux.

— Jamais! répondit-elle d'une voix nette, claire et incisive.

— Pourquoi? dit Maubert, est-ce que je ne vaux pas mieux que le misérable juif auquel ta famille t'a donnée?

— Je ne vous estime ni l'un ni l'autre, repartit Rahel; le moins coupable des deux

est peut-être encore celui aux yeux duquel
on a fait luire le mirage de l'argent, qui a
accepté le traité d'infamie parce qu'il est
pauvre; mais il est déjà cruellement puni de
sa lâcheté.

— Comment cela? demanda Maubert.

— Il m'aime, répondit Rahel.

— Et tu le plains, n'est-ce pas? répliqua
Léonce, dans le cœur duquel pénétrait pour
la première fois l'aiguillon acéré de la jalousie.

— Le plaindre, moi? dit-elle dédaigneu-
sement.

Et comme si pour parler elle eût fait un
grand effort, elle se tut, et quelles que
fussent les supplications et les objurgations
de Maubert, elle s'obstina à observer le plus
complet mutisme.

La passion de Maubert s'accroissait en
proportion des obstacles que lui opposait
Rahel; il admirait non-seulement sa splendide beauté, mais il était subjugué, vaincu

par la dignité innée dont elle faisait preuve ;
elle le faisait songer involontairement à
Judith, à Débora, à toutes les grandes
Juives dont la tradition pare la légende bi-
blique.

Après s'être épuisé pendant plusieurs
heures aux genoux de Rahel, insensible et
muette comme un marbre, Maubert, qui depuis quelque temps s'était enfoncé dans la
voie des illégalités, des abus de pouvoir, et
n'en était plus à écouter la voix de sa conscience, éprouva contre l'israélite une sorte
de fureur froide voisine de la démence.

— Nous ne pouvons cependant rester
ainsi toute la nuit, lui dit-il tout à coup,
passant subitement de l'accent de la prière
à celui du commandement ; mettez-vous au lit !

Sans répondre autrement que par un indé-
finissable regard jeté sur Maubert, et qui le
troubla profondément, Rahel se leva, et,
s'abritant sous les rideaux du lit, elle se
dévêtit, puis elle se coucha.

Maubert éteignit aussitôt la lampe, et la chambre fut plongée dans l'obscurité la plus complète.

Le lendemain matin, avant le moment où Jollivet arrivait pour commencer son service, Maubert, le visage sombre et froid, les traits contractés, reconduisait Rahel dans la maison de Ben-Bachir, par le même couloir qu'il avait pris pour l'amener chez lui la veille, et retrouvait Schemouïl accroupi, pâle et défait, dans le même coin et dans la même attitude où il l'avait laissé douze heures auparavant.

— Tu peux, lui dit-il d'une voix brève et irritée, disposer de ta journée comme tu l'entendras, mais je te défends de la passer ici; souviens-toi de mes prescriptions; si tu as le malheur de les enfreindre, tu es perdu.

— Quant à vous, continua-t-il en s'adressant à Rahel, je viendrai vous chercher ce soir, à l'heure où je rentrerai; peut-être même reparaîtrai-je dans l'après-midi.

Il se retira et laissa la juive en tête-à-tête

avec Schemouïl, qui pleurait silencieusement sans oser lever les yeux sur elle.

Mais dès qu'il se fut assuré que Maubert ne pouvait l'entendre, il se leva et fit quelques pas du côté de Rahel, qui se recula instinctivement, le front haut, le regard superbe de dédain et de colère.

Il s'arrêta soudain, et d'un accent humble et brisé il lui dit :

— Ne redoute rien de moi, Rahel, je suis un lâche, un misérable, je le sais; mon crime envers toi est de ceux qui ne se pardonnent point; mais tu peux me croire, je l'ai bien expié déjà par les angoisses de cette nuit. Ah! tu comprendrais mes tortures si tu savais combien je t'aime. Quelle douleur! t'avoir livrée, moi qui mourrais pour baiser la poussière de tes pieds, aux brutales caresses de ce nazaréen maudit! toi la plus belle, la plus aimable, la plus pure des filles de Sion; mais tu seras vengée, je te le jure par Moïse et par notre père Abraham.

Il sanglotait en se traînant sur le sol ;
Rahel, plus froide, plus implacable que jamais, le considérait avec dégoût.

— Tu me hais, n'est-ce pas ? murmura-t-il.

Elle ne répondit point et se retira à l'autre
bout de la chambre.

— Je m'en vais, reprit-il, je m'en vais, car
je te fais horreur ; faut-il ne pas revenir ?

— Et où irais-tu, insensé ? répliqua-t-elle ;
l'espace même ne t'appartient point ; les
spahis et leurs chevaux y mettraient bon
ordre : le nazaréen, d'ailleurs, afin que l'on
ne soupçonne rien, ne t'a-t-il point ordonné
de vivre ostensiblement avec moi, comme si,
en réalité, j'étais ta femme ?

En achevant ces mots, les yeux de Rahel
se voilèrent de ses longues paupières, et elle
rougit.

— Reviendrai-je donc prendre mes repas
ici ? demanda Schemouïl presque heureux
qu'elle daignât lui adresser la parole.

— Il le faut bien, répondit-elle, ne fût-ce

que pour que mes parents ne se doutent ni de ma honte ni de mon malheur.

La réponse de Rahel était pour Schemouïl un reproche implicite qui augmentait ses remords et ses regrets ; il ne dit plus un seul mot et s'éloigna en courbant la tête.

Une heure après, la mère de Rahel, la femme du *rabbi* Isaack, ainsi que l'on dit là-bas, entrait chez sa fille, flairant tout, examinant chaque chose d'un œil scrutateur et satisfait.

— Eh bien ! dit-elle à sa fille en l'embrassant et en souriant largement, comme pour montrer ses dents aussi aiguës que celles d'une hyène, tout s'est-il passé convenablement ? Es-tu contente de ton mari ?

Et se répondant à elle-même, jetant un regard de béatitude sur le mobilier relativement luxueux de l'appartement de Rahel, elle continua :

— C'est qu'on pourrait l'être à moins ; Schemouïl est un beau garçon, intelligent,

rangé, économe et qui ne marchande point
pour donner à sa femme un intérieur digne
d'elle et de sa famille. On a bien raison de le
dire : pauvreté n'est pas vice, et le Dieu
d'Israël veille sur ses enfants. Ah! ah! c'est
que toutes les filles n'ont pas une mère en-
tendue telle que la femme du rabbin Isaack;
moi, j'ai su, comme il le faut, élever ma
Rahel, la préserver du contact des regards
des nazaréens impurs; et ce mariage est ma
récompense; c'est ma voisine Salomé qui
enrage et qui m'envie, elle qui ne peut
arriver à fiancer ses trois filles, plus
laides et plus bêtes que les tortues du désert!

Chacune des paroles de sa mère était un
coup de poignard pour l'infortunée Rahel;
elle les écoutait en tressaillant intérieure-
ment et en se demandant quand cesserait ce
supplice.

La vieille femme se leva pour examiner
de plus près les objets qui excitaient davan-

tage son admiration, et, avisant tout à coup
la porte du couloir, elle s'écria :

— Tiens ! une porte que je n'avais pas re-
marquée ! Où donne-t-elle donc ? Où va-t-on
par là, ma fille ?

Rahel lui répondit avec un naturel et un
calme qui contrastaient avec son trouble intérieur et les affreuses palpitations qui faisaient bondir son cœur.

— Nulle part, ma mère; on serre là dedans
divers ustensiles de ménage, des objets que
mon mari ne peut conserver dans son magasin.

Et pour distraire l'attention de sa mère
qui, curieuse des moindres détails, posait déjà
les mains sur le loquet de la serrure, elle
ajouta :

— Venez donc que je vous fasse voir un
beau collier que mon mari m'a donné.

Madame Isaack revint sur ses pas, prit des
mains de Rahel le collier que tenait celle-ci
et dit :

—En vérité c'est un habile orfévre que Sche-
mouïl-ben-Daoud, Dieu bénisse mon gendre!

— Il le bénira, ma mère, soyez-en certaine, répondit avec un accent étrange Rahel ;
mais ne craignez-vous point de vous attarder?
il me semble que l'heure à laquelle mon père
rentre pour déjeuner est proche.

— C'est vrai, c'est vrai, mon enfant, je
m'oublie auprès de toi dans la contemplation
de ton bonheur, répliqua la vieille femme ;
je pars, accompagne-moi jusqu'au seuil de
ta maison.

Elle s'enveloppa de sa mante, Rahel la
suivit, l'embrassa, referma sur elle la porte
de la rue, puis elle revint dans sa chambre
et se laissa tomber sur le divan en fondant
en larmes et en s'écriant :

— Mon bonheur ! quelle dérision !

La force factice qui l'avait soutenue
jusqu'alors l'abandonnait maintenant qu'elle
était seule et qu'elle pouvait redevenir elle-
même et se livrer à sa douleur.

10

Lorsque Maubert entra dans son bureau, il crut remarquer entre son chef et l'interprète l'échange d'un sardonique sourire, mais il n'attacha point à ce fait une grande importance : il se savait peu aimé d'eux, cette circonstance expliquait tout ; d'autres pensées le préoccupaient d'ailleurs trop vivement.

L'attitude de Rahel envers lui ne laissait pas que de lui causer des appréhensions pénibles ; il n'avait nullement l'air vainqueur et heureux d'un homme qui peut enregistrer dans les fastes de son histoire intime une victoire nouvelle, un triomphe ; c'est qu'en effet il n'avait triomphé de rien, pas même de lui. La juive, il ne pouvait en douter, ne l'aimait pas et n'éprouvait aucune sympathie pour lui ; elle ne s'était point donnée librement par sa propre volonté et par amour ; se considérant, de par un marché passé sans son approbation et qu'elle n'avait pas consenti, comme une chose à lui, elle subissait son destin, sans l'accepter ; le lieutenant

avait pu s'en convaincre amplement dans le
cours de cette nuit passée auprès d'elle, et il
en était humilié, froissé et triste jusqu'à la
mort.

En serait-il toujours ainsi ? L'inerte statue
ne s'animerait-elle jamais ?

— Ah ! pensait Maubert, je préférerais
qu'elle me détestât, il y a de la passion dans
la haine, et peut-être pourrais-je essayer de
la transformer en amour ; on a vu de ces
revirements ; mais cette passivité dédaigneuse
me révolte et m'anéantit.

Il éprouvait le regret de sa faute parce
qu'elle ne lui procurait point les joies qu'il
en avait espérées ; quant au repentir, au
remords, ils ne l'effleuraient ni l'un ni l'autre ;
les matérialistes comprennent peu ces sentiments, et, lorsque la passion les envahit et
les domine, ce n'est pas dans leur conscience,
rendue muette par de déplorables sophismes,
qu'ils peuvent trouver la règle et le frein
capables de la dompter.

Maubert ressentait contre Lacombe, instigateur de ce qu'il nommait en lui-même *son
pas de clerc*, une irritation telle que, pour
éviter de le rencontrer à la pension, de le
voir ce jour-là, il se décida à aller demander
à déjeuner à Schultz, qui parut ravi de cette
surprise, mais qui fut en même temps troublé par la physionomie lugubre du jeune
homme.

Néanmoins, espérant que Léonce n'avait
point un motif bien grave de tristesse, il
voulut tourner la chose en plaisanterie, et
comme il ne détestait point les comparaisons
mythologiques, il lui dit :

— Que vous arrive-t-il ? Votre visage est
plus sombre que l'Érèbe, pourquoi cela ?

— J'ai donc l'air bien maussade, répondit
Léonce en essayant de se donner une attitude
enjouée, pour que dès l'abord vous soyez
frappé de mon allure de chevalier de la triste
figure ? Que voulez-vous, docteur ! j'ai beau
me raisonner, travailler, faire de la musique,

je m'ennuie à mourir, le découragement et le marasme m'écrasent.

S'il dissimulait une partie de la vérité, Maubert était du moins sincère en parlant de l'état de son âme ; il était, en effet, découragé, mais le bon Schultz ne pouvait guère soupçonner la cause de la lassitude morale qu'accusait le lieutenant.

— Ainsi, répliqua-t-il, l'étude même est impuissante à vous procurer le calme et la distraction ? C'est fâcheux, car ici je ne vois qu'elle pour vous sortir de l'engourdissement qui vous envahit... J'espérais pourtant qu'en nous occupant ensemble vous échapperiez à l'ennui, mais je vous vois si peu !

— Ah! reprit Maubert, cherchant à se donner le change à lui-même sur ce qu'il éprouvait, je suis dégoûté de tout; ce maudit bureau, dont le travail devrait m'être salutaire, est une charrue trop pesante pour moi; j'ai honte de ce qui s'y passe, de ce que

10.

je constate bien malgré moi, et que je ne puis empêcher.

— Ce sentiment vous honore, répondit Schultz avec une si candide bonne foi que Maubert rougit de sa duplicité et détourna la conversation sur un autre objet.

— Que faisiez-vous quand je suis entré? demanda-t-il au docteur.

— Des expériences toxicologiques qui vous intéresseraient assurément. Voyez cette plante à racine bulbeuse qui possède beaucoup d'analogie avec l'asphodèle; on la nomme *atractylis grummifera*, et il paraît que les indigènes s'en servent fréquemment pour assouvir leurs vengeances; elle est douée, d'après ce que l'on m'affirme et d'après les résultats que j'ai aussi obtenus et constatés sur des lapins et sur des chiens, de propriétés toxiques extraordinaires et fort variées selon le mode de ses préparations et de son emploi. Des femmes de ce pays n'ignorent point ces particularités, et comme les poisons végétaux

ne laissent que peu ou point de traces de
leur passage dans l'organisme, bien des
crimes demeurent impunis contre lesquels
les lois devraient sévir avec rigueur.

Maubert prit la plante des mains de Schultz
et feignit d'examiner attentivement, pour ne
le point désobliger, les longues feuilles d'un
vert glauque, étroites et lancéolées, de l'*a-
tractylis grummifera*, puis il la reposa sur un
meuble; ses pensées étaient ailleurs, et il ne
pouvait s'en distraire.

Après le déjeuner, sous un prétexte futile,
il quitta précipitamment le docteur; mû par
une jalousie insensée, il courut dans la rue
où se trouvait la boutique de Schemouïl, afin
de s'assurer de sa présence, car le juif pouvait avoir profité du moment où il croyait
Maubert à la pension pour retourner auprès
de Rahel; mais l'israélite était à son poste et
travaillait mélancoliquement.

Léonce l'examina sans être vu de lui et
s'éloigna un peu plus calme.

Il ne put cependant, ainsi qu'il en avait eu le projet, éviter Lacombe tout le jour; le soir venu, ils se retrouvèrent à la pension et, malgré sa répugnance à s'entretenir d'un sujet humiliant pour lui, il ne put se dispenser de répondre aux questions de son camarade.

— J'aime follement cette femme, et elle me hait, lui dit-il.

— Bah ! répliqua Lacombe, une semaine de patience suffira pour l'apprivoiser; avec de la volonté l'on vient à bout de tout; on adoucit même une hyène, une lionne, et la belle Rahel ne ressemble en rien à ces bêtes féroces; en somme, c'est une gloire pour elle d'inspirer de l'amour à un garçon tel que vous. Qui sait si sa prétendue froideur n'est point une tactique savante pour se faire valoir davantage et mettre un plus haut prix à sa conquête ? Persévérez, ne vous découragez pas, et dans une quinzaine vous m'en donnerez des nouvelles.

On se laisse facilement gagner à l'espoir; Maubert pensa donc que Lacombe pouvait avoir raison; mais lorsque, quelques heures après, il alla chercher Rahel et qu'il la retrouva silencieuse, impassible, il retomba dans son ennui, et son espérance l'abandonna.

Quinze jours s'écoulèrent. Léonce changeait d'une façon déplorable, et ses préoccupations ne pouvaient plus échapper à l'œil le moins clairvoyant; son chagrin prenait des proportions désastreuses, car sa passion pour Rahel s'exaltait des mépris de celle-ci, et sa jalousie contre Schemouïl ne connaissait plus de bornes; il l'épiait sans cesse et passait une partie de son temps à rôder dans les environs de son magasin; peut-être, s'il eût pris en faute, manquant à ses engagements, le Ben-Israïl, son irritation trouvant un aliment tangible, se serait-il produit en lui une détente qui eût déterminé une crise salutaire, et eût-il renoncé à sa folie et recouvré la raison. Mais non, aussi pâle, aussi défait, aussi misérable que lui, Schemouïl ne paraissait nullement songer à déchirer leur pacte infâme.

Au bureau arabe, on avait bientôt découvert le secret de Léonce, qui ne soupçonnait point cette circonstance; l'interprète indigène l'avait entouré d'espions, et si l'on ne connaissait point complétement la vérité, on en savait assez pour être assuré que, par sa conduite, Maubert s'était à jamais interdit le droit d'examen et de critique, et on le laissait suivre sa voie sans lui crier gare, ni l'informer des périls qui pouvaient le menacer.

Sûr désormais de la soumission de Rahel qui, malgré son énigmatique façon d'être envers lui, ne lui résistait en rien, il avait fini, pour éviter tout contact avec Schemouïl, qu'il haïssait de plus en plus, par remettre à la juive la clef du passage qui communiquait de chez lui chez elle, et il n'allait plus la chercher; c'était elle qui venait, chaque nuit, lorsqu'il faisait entendre, de l'autre côté de la cloison, un signal convenu, auquel elle répondait avec autant d'exactitude que si elle eût été follement éprise de lui.

De tels faits, en Europe, en France surtout, paraîtraient invraisemblables ; mais ceux qui connaissent l'Algérie savent qu'ils ont pu se produire à une époque déjà ancienne, en raison de l'omnipotence dont jouissaient alors les bureaux arabes et de la terreur qu'ils inspiraient aux indigènes.

Un soir où Rahel avait daigné échanger quelques mots avec Maubert, il lui dit :

— Rahel, si au lieu de mal agir envers toi j'eusse cherché à toucher ton cœur, crois-tu que tu aurais pu m'aimer ?

Elle laissa tomber sur lui un regard indifférent et calme qui ne laissait rien pressentir ni deviner de ce qui se passait en elle, et lui répondit :

— Moi, juive, aimer un chrétien, un oppresseur de ma race, un adorateur du Nazaréen ? Jamais !

Il essaya alors de lui démontrer que, loin

d'opprimer les juifs, les Français les avaient,
au contraire, relevés dans la colonie, en les
plaçant dans le droit commun et en ne les
excluant d'aucun emploi.

— Et les humiliations que vous leur faites
subir, et le mépris que vous affectez envers
eux, et les outrages dont vous les abreuvez,
car vous leur jetez comme une insulte même
le nom de juif, et votre conduite envers moi,
est-ce donc là ce que vous appelez le droit
commun?

Elle était superbe en parlant ainsi, debout,
les bras croisés sur sa gorge marmoréenne
toute nue, selon la mode du pays. Maubert,
frappé de son grand air, murmura involontairement :

— Oh! Judith!

Rahel baissa les yeux; mais si le lieutenant
eût surpris leur flamme sinistre, il se fût certainement demandé si cette belle créature ne
méditait point pour lui un destin semblable à
celui d'Holopherne.

VII

Sur ces entrefaites, Léonce, qui entretenait une correspondance assez active avec le lieutenant Roy, sans toutefois lui parler de son aventure avec Rahel, reçut de lui une lettre énigmatique dans laquelle il lui disait entre autres choses :

« Vous n'avez pas tenu compte de certains conseils que je vous ai donnés avant mon départ ; je le regrette, mais il est encore temps d'enrayer ; sollicitez votre changement de résidence, j'appuierai ici votre demande, et vous pourrez quitter Aïn-Beïda sans avaries sérieuses. »

Maubert avait trop bien pris ses précautions, il se croyait trop certain que son histoire avec Rahel était demeurée secrète pour supposer que Roy pût en être instruit ; il eut

pourtant un instant d'inquiétude, et se demanda ce que signifiait l'épître remplie de
réticences de son ami. Après y avoir longuement réfléchi, il conclut que Roy devait faire
allusion à quelque commérage sans importance et sans fondement émanant du bureau
arabe, et qu'il lui serait facile de réfuter. Il
était bien décidé, d'ailleurs, à ne point solliciter
son changement, non pas que le séjour d'Aïn-
Beïda lui plût davantage, mais sa passion
pour Rahel l'y retenait invinciblement attaché.

— Au surplus, se dit-il, un de ces jours
j'écrirai à Roy, et je le sommerai de s'expliquer plus clairement.

Dans la journée fit une visite à Schultz,
qu'il se reprochait constamment de négli-
ger, sans y aller néanmoins davantage, sa
jalousie envers Schemouïl le clouant chez
lui presque tout le temps qu'il ne passait ni à
son bureau ni à sa pension.

Lacombe était chez le docteur lorsqu'il y

entra ; ils paraissaient fort animés tous deux ; le lieutenant de spahis semblait contrarié comme s'il eût subi des reproches, Schultz inquiet et préoccupé. En voyant Léonce, ils se turent d'un commun accord, ce qui n'échappa point à celui-ci, mais il était discret et indifférent, de même que la plupart de ceux dont l'existence est tout entière à leurs propres affaires, et il ne leur adressa aucune question.

Schultz se montra plus affectueux encore avec Maubert qu'il ne l'était ordinairement, et, après avoir causé de toutes choses, il lui dit que, par le courrier du matin, il avait reçu une longue lettre de Roy qui le priait de lui communiquer le résultat de ses expériences sur l'*atractylis grummifera*, attendu que le bureau arabe commençait à s'émouvoir des nombreux empoisonnements commis à l'aide de cette plante par les indigènes; Léonce n'accorda qu'une médiocre attention aux paroles du docteur, il lui demanda seulement si, dans sa lettre, Roy ne disait rien de lui.

— Si fait, répondit Schultz, il espère vous voir bientôt à Oran, où il est question de vous appeler ; et, n'était l'égoïsme inséparable de l'amitié, je me réjouirais de cette nouvelle, car le séjour d'Aïn-Beïda ne vous est pas bon. Je redoute pour vous le spleen ou quelque chose d'approchant ; vous n'êtes plus le même que lors de votre arrivée ; cela tient certainement à des causes morales, résultant de l'ennui que vous éprouvez ici.

Maubert soupira et ne répliqua point.

Un instant après il quittait le docteur, Lacombe le suivit. Ils firent quelques pas en silence dans la rue, puis le sous-lieutenant dit à son camarade :

— Eh bien ! où en êtes-vous de vos amours ?

Le visage de Maubert s'assombrit.

— Ah ! mon cher, répondit-il, j'aime une statue, et il n'y a nulle apparence que je puisse dérober aux dieux ou au soleil quel-

ques rayons de flamme pour l'animer; le
marbre lui-même est moins glacé que cette
femme; d'ailleurs elle ne me dissimule point
son aversion qui, je le crois, augmente chaque jour.

— S'il en est ainsi, que ne la quittez-
vous?

—La quitter! s'écria Léonce : mais je l'aime,
moi, si elle me hait; et vous me donnez là un
étrange conseil après tout ce que vous m'avez
fait précédemment espérer

— Si vous aviez plus de volonté et de force
de caractère, reprit Lacombe, je vous tien-
drais un tout autre langage; mais vous
m'effrayez; vous alarmez vos amis, qui ne
vous comprennent plus et qui devinent pourtant que vous êtes en proie à quelque secret
chagrin. D'abord, moi, je ne m'imaginais
point que vous vous éprendriez si éperdu-
ment de Rahel; je croyais simplement qu'elle
serait pour vous une distraction, un passe-
temps, rien de plus, et que, le jour où vous

changeriez de résidence, vous l'oublieriez sans peine et sans efforts.

— Vous vous êtes trompé, voilà tout, répondit Léonce avec l'accent du découragement ; non-seulement je l'aime follement, mais je suis jaloux, jaloux de ce misérable Schemouïl, et j'en rougis.

— Jaloux de ce vilain juif! dit Lacombe d'un air dédaigneux ; quelle folie!

— Ce n'est point un vilain juif, repartit Maubert, c'est un fort beau garçon ; de plus, il a sur moi l'avantage d'être de la même race que Rahel ; puis il l'aime, elle me l'a avoué.

— C'est possible ; mais d'après ce que je sais par vous du caractère de Rahel, elle ne pardonnera jamais à Schemouïl le crime qu'il a commis envers elle.

— Et dont je suis l'instigateur et le complice, répondit Léonce ; puis les femmes sont si bizarres ; qui sait si un jour ils ne s'uniront pas contre moi pour me jouer quelque méchant tour?

Ces derniers mots de Maubert devaient répondre à quelque préoccupation intime de Lacombe, car en les entendant il tressaillit, et reprit au bout d'un instant de silence :

— Avec de telles idées, je ne comprends pas que vous gardiez Rahel.

— C'est bien facile à dire... je ne pourrais vivre sans elle.

— Alors usez des pouvoirs discrétionnaires que vous confère votre position, inventez un prétexte et débarrassez-vous de Schemouïl ; faites-le partir, exilez-le. Ce ne sont pas vos chefs qui vous blâmeront pour une telle vétille.

— Non, répondit Maubert, en secouant la tête, j'ai commis assez d'illégalités et d'abus de pouvoir qui ne m'ont servi de rien, je n'irai pas au delà.

— Mais vous êtes donc la proie de la fatalité et du diable ! s'écria Lacombe mis hors de lui par l'espèce de résignation découragée de Léonce.

— Peut-être de tous deux, s'écria celui-ci en souriant tristement.

— Oh! reprit Lacombe avec colère, je ne vous conçois point et je maudis de toute mon âme mes conseils d'abord, et ensuite cette juive damnée; aussi comment aurais-je pu prévoir que les choses tourneraient ainsi!

— On devrait tout prévoir, et l'on ne prévoit jamais rien, répliqua Léonce.

Et comme ils arrivaient à sa porte, il continua :

— Je ne vous engage point à monter, n'est-ce pas?

— Mais si, au contraire, repartit Lacombe, je ne puis me décider à vous laisser seul; vous m'effrayez, et je ne vous quitte plus jusqu'au soir. Ah! je voudrais bien être à votre place; ma tactique envers Rahel différerait complétement de la vôtre; vous êtes trop bon, trop doux, trop patient sans doute; les femmes aiment, assure-t-on, ceux qu'elles redoutent. Je me ferais craindre et redouter, je vous le garantis.

Maubert haussa les épaules et ne se donna même point la peine de répondre; puis quand ils furent arrivés dans sa chambre, il se mit à jouer du violon tandis que Lacombe, étendu sur le divan, fumait des cigarettes d'un air rageur.

Ainsi qu'il en avait prévenu Léonce, il ne le quitta point de l'après-midi; ils allèrent donc ensemble à leur pension et ne se séparèrent qu'au moment où Maubert rentra chez lui pour se coucher.

— Il faudra pourtant que cela finisse, pensa Lacombe en s'en allant; je vais de ce pas trouver Schultz, le mettre entièrement au fait de l'état de ce pauvre garçon, afin qu'il écrive à Roy de lui faire donner son changement d'office, car, s'il reste ici, il n'y aura besoin pour le tuer d'aucune espèce de ces vengeances auxquelles je n'ajoute pas foi, malgré l'opinion de Roy et celle de Schultz à cet égard. Si Rahel était Arabe, ce serait différent, mais les juifs sont trop lâches, et Maubert ne mourra que de chagrin. Est-ce assez stupide! je m'imaginais que ces grandes passions n'existaient que dans les romans; il paraît cependant que cela arrive. Et dire que j'ai contribué à pousser mon ami dans ce guêpier! Schultz va me faire encore un joli sermon... Ma foi, tant pis, je ne l'ai pas volé!

VIII

Le lendemain, Rahel sortait à peine de la chambre de Léonce lorsque Jollivet vint frapper à la porte de celui-ci.

—Mon lieutenant, lui dit-il, vous êtes mandé au bureau arabe pour une affaire très-pressée; le planton qui apporte l'ordre m'a dit de seller votre cheval, ce que j'ai fait. Un assassinat a été commis cette nuit, à trois lieues d'ici ; les Arabes ont égorgé un convoi de sept ou huit charretiers ; le commandant supérieur avec tout le personnel des affaires arabes va partir, et l'on vous attend.

— C'est bien, répondit Maubert, fort contrarié á la pensée de partir sans être renseigné sur la durée de son absence ; allez dire au planton que je descends à l'instant.

Dès qu'il entendit le bruit des pas de son ordonnance dans l'escalier, Léonce ferma à clef et en dedans sa porte, puis il courut chez Rahel ; il la trouva assise à l'une des extrémités de sa chambre ; Schemouïl, à l'extrémité oposée, s'apprêtait à sortir. Ils étaient tous deux silencieux et ne se regardaient même point.

— Tu vas te rendre immédiatement à ton magasin, dit du ton d'un maître Maubert à l'Israélite, et tu ne rentreras ici que lorsque tu m'auras vu passer devant ta porte, quand même tu devrais attendre plusieurs jours.

— J'obéis, répondit Schemouïl, et il s'éloigna sans ajouter un seul mot.

— Rahel ! reprit Léonce d'une voix plus douce et tout émue, ne me diras-tu pas un mot de tendresse avant que je parte ? Je serai absent peut-être jusqu'à demain.

— L'esclave se résigne, mais elle ne saurait aimer qui l'achète, repartit la juive avec hauteur ; je n'ai rien à vous dire.

— Seras - tu donc éternellement aussi cruelle ? N'est-ce donc rien que d'être adorée par un homme qui donnerait sa vie pour toi ?

— Votre vie, reprit-elle avec un inconcevable dédain, qu'en ferais-je ?

— Oh ! tu es sans pitié ! s'écria Maubert, et pourtant si je le voulais...

— Vos menaces ne m'effrayent pas plus que vos paroles d'amour ne me touchent, dit Rahel ; à moins de me tuer, que pouvez-vous plus que vous n'ayez fait ?

Le lieutenant soupira, s'approcha d'elle et reprit :

— Laisse-moi au moins quelque espoir.

Elle secoua négativement la tête, et il l'embrassa au front sans qu'elle fît un geste pour le repousser.

— Eh bien! répliqua-t-il, jure-moi que tu n'aimes pas Schemouïl, que s'il revient malgré ma défense, tu ne lui permettras point de t'entretenir de son amour.

— Je jure que je le hais et que je le méprise autant que vous, répondit-elle, que je ne souffrirai pas ce que vous redoutez; mais soyez sans crainte, il est trop lâche pour vous désobéir.

En ce moment Maubert, qui avait laissé les portes de communication ouvertes, entendit Jollivet qui frappait à celle de sa chambre.

— Oh! je t'aime, et tu me rends fou! dit-il à Rahel en l'embrassant encore.

Et il s'élança chez lui.

Dès qu'il eut disparu, Rahel se leva, referma les portes et se lava le visage pour effacer la trace des baisers de Léonce.

— Mon lieutenant! hâtez-vous, criait dans l'escalier Jollivet; on s'impatiente là-bas, voici une seconde estafette qui vous réclame.

Maubert ne prit pas le temps de répondre; il ouvrit, descendit l'escalier quatre à quatre sur les traces de Jollivet, sauta sur son cheval et s'éloigna au galop dans la direction du bureau arabe.

Au tournant de la rue, Schemouïl, abrité par un mur, le regarda et le suivit de loin, et lorsqu'il se fut assuré que Maubert avait rejoint ses chefs et quittait la ville, il reprit lentement, d'un air pensif, le chemin de sa maison.

En y rentrant, il vit Rahel assise ou plutôt affaissée sur le sopha, une Bible à la main; elle lisait en pleurant silencieusement la tête penchée sur son livre.

Sans oser s'approcher, Schemouïl appela doucement :

— Rahel!

Trop absorbée pour soupçonner la présence de Schemouïl, Rahel, surprise à l'appel de son nom, releva brusquement la tête.

— Que me veux-tu? lui demanda-t-elle, et pourquoi reviens-tu ici?

— Pour pleurer avec toi et implorer mon pardon.

— Lâche! répondit-elle en le regardant en face.

— Oui, reprit-il humblement, lâche de souffrir comme je souffre; lâche de demeurer l'esclave de ce nazaréen et de ne point nous venger!

— Des paroles, des paroles! répliqua Rahel avec un dédain plein d'amertume.

— Non, point de paroles, des faits, si tu le veux et si tu me promets de me pardonner et de m'aimer plus tard.

— Ne me parle pas de ton amour, répondit-elle, j'ai juré de ne point t'entendre.

— Cependant, reprit Schemouïl d'une voix basse et tremblante, ne m'as-tu pas dit il y a quelque temps que si je n'eusse point été infâme, que si je t'eusse obtenue de ta famille pour devenir réellement ton époux, tu m'aurais peut-être aimé?

— Je l'ai dit comme je le pensais, car, au moment où je t'ai connu, je n'avais contre toi nul motif de colère ni de haine, et peut-être t'aimais-je le jour où je croyais t'appartenir; mais le mépris a tué le sentiment naissant, et maintenant ta présence seule auprès de moi me révolte; va-t'en!

— Écoute-moi, Rahel, répliqua Schemouïl suppliant, je te parle pour la dernière fois, je te le jure; si tu refuses de m'entendre, si tu me repousses, tu ne me reverras plus; les tortures que j'endure sont trop cruelles, je suis décidé à mourir; et pourtant ne vaudrait-il pas mieux nous unir pour faire périr celui qui nous rend tous deux si infortunés?

— Ce que tu dis là, le penses-tu? lui demanda Rahel, qui, s'étant levée, se tenait debout la Bible à la main et dont les yeux

étincelaient; m'obéiras-tu, et quand je t'or-
donnerai de frapper le chrétien, en auras-tu
le courage?

— Pour me relever dans ton estime, pour
conquérir ton amour, je me sens la volonté
et l'audace d'un Macchabée.

Rahel plongea son regard dans celui de
Schemouïl, comme pour s'assurer qu'il ne la
trompait point. La physionomie du jeune
homme la convainquit; elle était réellement
animée d'une expression d'énergie sauvage
qu'elle ne lui avait point vue jusqu'alors.

— Eh bien! lui dit-elle, tu vas te rendre à
ton magasin; tu diras à ton apprenti que tu
viens de rencontrer un Arabe qui t'a prié
d'aller du côté d'Aïn-el-Abiod, où il demeure,
pour y prendre des bijoux que tu dois ré-
parer, et que, n'ayant pas le temps de revenir chez toi avant ton départ, tu le charges
de m'informer de ton absence, qui se prolon-
gera sans doute jusqu'au soir; puis tu pren-
dras un sac dans lequel tu mettras une pioche,

tu loueras un âne, que tu monteras, et tu iras
effectivement à El-Abiod, où tu feras une
ample provision d'hayriate bayirate, que tu
auras le soin, avec l'aide de ta pioche, d'ar-
racher avec leurs oignons ; tu les mettras dans
le sac, et au douar le plus proche tu achèteras
des pommes de terre, tu achèveras d'en
remplir le sac, afin que l'on ne puisse soupçonner ce qu'il y aura au fond ; tu revien-
dras à ton magasin, tu remettras le sac à ton
apprenti pour qu'il me l'apporte. Quant à toi,
tu ne reparaîtras dans la maison que lorsque
tu auras vu passer le lieutenant devant ta
boutique, ainsi qu'il te l'a ordonné.

— Je comprends, répondit Schemouïl, qui
avait écouté Rahel avec une extrême attention, et je m'en vais à l'instant.

— Non, reprit-elle en lui jetant un regard
profond, ce n'est point ainsi qu'il doit périr.
Je désire cette plante pour préparer un sor-
tilége ; mais lui, lui, je veux que ce soit toi
qui le tues par le poignard ou par le plomb ;

es-tu toujours décidé? Tu peux être surpris,
accusé, et alors tu n'ignores pas le sort que
te feront subir les Français.

— Que m'importe? répliqua-t-il, pourvu
que je te venge et que je sois assuré avant de
mourir que tu ne lui appartiendras plus. Oh!
tu ne sais pas quelles horribles pensées ont
creusé mes nuits solitaires tandis que tu les
passais là auprès de lui; des nuages de sang
voilaient mes yeux; j'étais désespéré, j'en-
fonçais mes ongles dans ma poitrine...

En ce moment ses yeux rencontrèrent ceux
de Rahel; il vit qu'elle ne l'écoutait pas, se
tut et reprit après un silence avec l'accent
de la supplication la plus humble :

— Je pars; n'as-tu plus rien à me dire?

Le regard de la juive s'adoucit; son visage
se colora d'une teinte rosée, et elle murmura
ce seul mot :

— Espère !

Puis, posant son doigt sur ses lèvres, elle
fit signe à Schemouïl de s'éloigner.

IX

Maubert et ses compagnons de route ne rentrèrent que fort tard, le même soir, à Aïn-Beïda. Les assassins étaient arrêtés, mais le crime avait été commis avec des circonstances tellement atroces, que la population consternée criait vengeance et que le commandement, ainsi que le bureau arabe, étaient fort irrités.

Léonce, nullement aguerri au spectacle des cadavres affreusement mutilés qu'il avait eu sous les yeux pendant plusieurs heures, par une chaleur qui provoque la désagrégation immédiate de tout corps privé de vie, se trouvait fatigué, énervé; en rentrant chez lui, il but d'un trait une carafe d'orangeade, sa boisson favorite, que Jollivet lui préparait toujours à l'avance et qu'il posait sur un plateau dans la chambre de son maître.

Trop las pour se rendre à la pension, le lieutenant se fit apporter son repas, dîna seul, congédia Jollivet, appela Rahel et se mit au lit.

Le lendemain, en s'éveillant, il se sentit fort mal à l'aise ; comme il avait à rédiger un rapport sur les événements de la veille, il alla néanmoins à son bureau pour y prendre les papiers nécessaires et sollicita de son chef, qui la lui accorda aussitôt, l'autorisation de travailler chez lui pendant quelques jours.

Il passa chez Schultz, auquel il raconta le résultat de la petite expédition de la veille.

— La vue de ces cadavres m'a beaucoup impressionné, ajouta-t-il ; je ne me croyais pas aussi nerveux.

Le docteur lui trouva le visage boursouflé, les traits fatigués, mais il ne lui fit point part de ses observations, et se borna à approuver sa résolution de rester chez lui.

— Je suis réellement souffrant, dit en se

levant, pour le quitter, Maubert qui frisson-
nait; il me semble que je vais avoir un accès
de fièvre; je meurs de soif, et rien ne me
désaltère.

— Que buvez-vous ? lui demanda Schultz.

— De l'orangeade ; oh ! je n'ai nulle envie
de me livrer à l'alcool, vous m'avez complétement et à jamais guéri de la sotte envie
de me griser, répondit Léonce.

— L'orangeade est une boisson conve-
nable, répliqua Schultz.

Et passant à une autre idée, il ajouta :

— Voyez combien Lacombe va mieux depuis qu'il a renoncé à ses excès; nous le
tirerons de là.

— En attendant, je crois que vous allez
avoir à me soigner, repartit Maubert, qui
pâlissàit; je commence certainement une maladie.

— Eh bien ! j'irai ce soir savoir comment vous vous trouvez; ne travaillez pas
trop.

Sur ces mots de Schultz, les deux hommes se séparèrent, et Léonce regagna son domicile.

Dans l'après-midi, plusieurs officiers vinrent chez lui ; Lacombe y demeura jusqu'au moment du dîner ; mais Léonce était en proie à une violente fièvre ; il fut contraint de se mettre au lit, et il y était lorsque Schultz arriva. Celui-ci recommanda le calme et le silence autour du malade, proscrivit toute visite pour le cours de la soirée, et, comme certains soupçons l'obsédaient, après avoir rédigé une ordonnance, il se fit, en s'en allant, accompagner jusqu'à la porte de la rue par Jollivet et lui demanda si son maître recevait parfois des indigènes et surtout des femmes.

— Jamais, répondit le soldat, un *indigent* n'a mis les pieds chez nous ; le lieutenant les déteste ; et pour ce qui est des femmes, il est plus rangé qu'une demoiselle.

Schultz cependant conserva ses doutes,

et dès qu'il fut rentré chez lui, il écrivit à Roy pour l'informer de la maladie de Maubert.

— Ah ! se dit-il tandis qu'il cachetait sa lettre, est-ce que je deviens comme les étudiants en médecine de première année, et mes recherches et mes expériences sur l'*atractylis* me font-elles voir partout des empoisonnements ?

Malgré son état de souffrance. Léonce, qui redoutait que la juive ne passât une nuit en tête-à-tête avec Schemouïl, se leva pour l'appeler ; elle parut aussitôt ; mais, sous un prétexte fallacieux, elle retourna chez elle, disant qu'elle reviendrait dans un instant.

Schemouïl l'attendait.

— Tu vas, lui dit-elle, te placer dans la petite bibliothèque attenant à la chambre du chrétien, arme-toi ; j'aurai soin de laisser la porte entr'ouverte, et, si je veux que ce soit pour cette nuit, tu te montreras si je dis : A moi, Israël ! mais, si tu n'entends point cet appel, quoi que tu voies, quoi que tu entendes, tu ne bougeras pas.

— Tu ne l'as donc point empoisonné ? répondit-il ; je le pensais quand je l'ai su malade.

— Tu me questionnes ? répliqua Rahel avec hauteur, ce n'est point dans nos conventions ; est-ce là l'obéissance promise ?

Schemouïl ne répliqua point et baissa la tête : sa complice le plaça elle-même à son poste d'observation et retourna dans la chambre de Maubert.

Lorsqu'à l'aube naissante Rahel abandonna Léonce, la lassitude, les émotions avaient momentanément vaincu la souffrance : il sommeillait. Elle franchit sans bruit la porte entr'ouverte et retrouva où elle l'avait laissé Schemouïl dont l'aspect avait quelque chose de spectral, et elle l'entraîna chez eux.

— Oh ! Rahel, lui demanda-t-il d'une voix profonde et brisée, de qui te venges-tu ? Est-ce du chrétien ou de moi ?

12

— De tous les deux peut-être, répondit-elle sans s'émouvoir.

— Mais pourquoi m'avoir condamné à demeurer là toute la nuit, puisque je ne devais pas le tuer ?

— Je consens à te le dire, répliqua-t-elle : je voulais savoir jusqu'où peut aller ton courage.

— Le sais-tu maintenant ?

— Je te répondrai plus tard ; va à ton magasin.

Il sortit sans se retourner, et ne put voir le regard étrange de Rahel le suivre et l'accompagner jusqu'au dehors.

Ce jour-là, Schultz trouva Maubert beaucoup plus mal. On installa dans la pièce qui précédait sa chambre un infirmier militaire pour le soigner ; mais Léonce commettait imprudence sur imprudence ; toujours tourmenté par sa passion insensée pour Rahel et par la jalousie qui en était le corollaire, il profita d'un moment où on l'avait laissé seul pour se lever, endosser sa robe de chambre et passer chez la juive qui, vu la faiblesse du malade, ne le supposait certes point capable d'un tel effort ni d'un tel acte.

Elle râpait avec précaution un tubercule d'*atractylis* qu'elle dissimula soigneusement en apercevant Maubert.

— Que faisais-tu ? lui demanda-t-il en s'asseyant auprès d'elle, car il ne pouvait se tenir debout.

— Rien, répondit-elle sans le moindre trouble.

— C'est singulier, reprit Léonce, je suis poursuivi par une odeur détestable que j'ai respirée je ne sais où, il y a longtemps ; je la retrouve partout, jusque dans mes boissons et ici même.

— C'est sans doute une sensation maladive, répondit Rahel en pâlissant, mais vous devriez être dans votre lit ; si l'on frappait à votre porte, si quelqu'un pénétrait dans votre chambre, on aurait bientôt découvert où vous êtes, et alors...

— C'est vrai, répliqua Maubert, qui avait pris sur le divan une longue feuille verte lancéolée avec laquelle il jouait machinalement.

— Vous êtes réellement malade, repartit Rahel, il faut vous soigner.

Touché de cette marque d'intérêt, la seule qu'il eût encore reçue d'elle, Léonce, ravi, embrassa la juive, puis il essaya de se soulever pour s'en aller, mais il ne put y parvenir.

— Aide-moi, dit-il, mes forces me font défaut.

Elle le soutint et voulut lui enlever la feuille qu'il tenait encore; mais, par un caprice de malade, il s'obstina à la garder, et de crainte d'éveiller ses soupçons Rahel n'osa point insister; il regagna d'ailleurs seul sa chambre en s'appuyant aux murs; il y parvint non sans peine; et, en se recouchant, posa la feuille sur son lit.

— J'ai déjà vu des feuilles semblables à

celle-là, pensa-t-il, je ne puis cependant me rappeler où.

Vers le soir, quand Schultz revint, il aperçut cette feuille, la regarda d'un air consterné, et, d'une voix tremblante qu'il voulait rendre assurée, il dit à Léonce :

— Qui a apporté cela ici ?

— Je vous le dirai lorsque je serai guéri, répondit Maubert ; n'est-ce pas chez vous que j'en ai vu de pareilles ?

— Vous êtes dans l'erreur, car la plante qui la porte m'est tout à fait inconnue, reprit Schultz, qui redoutait qu'il se souvînt de ce qu'il lui avait dit des propriétés vénéneuses de l'*atractylis grummifera*.

Et le malheureux docteur pensait :

— Il est empoisonné, il n'y a plus de doute, et perdu par conséquent ; ce n'est plus qu'une affaire de temps ; il en a peut-être encore pour deux ou trois jours.

Il examina scrupuleusement, dans ses moindres détails, la chambre du malade, et

12.

ne s'arrêta point à la porte de la bibliothèque,
qu'il croyait être un cabinet sans issue ; il ne
vit donc rien de suspect ; cependant il versa
dans une fiole, en tournant le dos à Léonce,
afin que celui-ci ne s'aperçût de rien, une
partie de la limonade posée sur la commode ;
il voulait l'emporter, l'analyser, car sa conviction était formellement arrêtée à l'égard
du crime ; mais quel pouvait en être l'auteur ?

Jollivet ? Il n'y songea même point, tant la
chose lui parut improbable. C'était certainement la juive qui lui avait été signalée par une
lettre de Roy comme étant la maîtresse du
lieutenant, et de qui le jeune attaché au
bureau arabe d'Oran pensait qu'il y avait lieu
de se défier. Mais Jollivet affirmait que son
maître ne recevait aucune femme ; la tenta-
tive criminelle devait donc remonter à plusieurs jours ; dans ce cas, on pouvait conserver quelque espoir de sauver Maubert.

Ces réflexions se pressant en foule dans
le cerveau de Schultz lui communiquèrent

une lueur d'espérance ; il recommanda à l'infirmier de veiller attentivement sur le malade,
de ne point le perdre de vue un seul instant,
et de le faire prévenir, lui, Schultz, s'il se
produisait une modification quelconque soit
en bien, soit en mal, dans l'état de Maubert.

Puis il se retira avec la pensée de procéder
immédiatement à l'analyse de la limonade, de
voir ensuite Lacombe, qui pourrait sans doute
lui fournir des renseignements précis sur les
relations de Maubert avec la juive, sur l'endroit de leurs réunions, et peut-être même sur
le moment où elles avaient forcément cessé.

Vers l'heure où Léonce recevait habituellement Rahel, il appela son infirmier, et, sous
le prétexte d'un impérieux besoin de som-
meil, lui ordonna de se retirer dans l'autre
pièce et de fermer la porte, ajoutant que si sa
présence lui devenait nécessaire, il le son-
nerait, car on avait eu la précaution de
placer un timbre sur une table auprès de
son lit.

L'infirmier essaya de résister, arguant des prescriptions du docteur, mais Maubert prit le ton de commandement qui provoque infailliblement la soumission des inférieurs, et le soldat obéit.

Rahel, cachée dans la bibliothèque, entra aussitôt ; elle considéra attentivement le visage amaigri du malade, ses yeux enfoncés largement cerclés de teintes violettes, son nez émacié, et afin de s'assurer du plus ou moins de moiteur de sa peau, elle lui posa la main sur les lèvres. Maubert fit un mouvement pour la baiser.

— Oh! murmura-t-elle, il va perdre connaissance, il est temps.

Elle courut légèrement vers la porte qui donnait sur la chambre où se tenait l'infirmier, et, poussant le verrou, elle revint du côté de la bibliothèque et dit :

— Viens !

— A qui parles-tu ? demanda d'une voix affaiblie Maubert surpris.

— Tu vas le savoir, répondit-elle avec un accent qui terrifia Léonce.

Au même instant Schemouïl parut à côté d'elle ; comprenant que quelque chose d'effroyable allait se produire, Maubert voulut sonner ; la juive avait enlevé le timbre. L'infortuné jeune homme essaya de jeter un cri d'appel, l'émotion le paralysait, sa voix expira dans sa gorge ; il ne put que contempler d'un œil hagard ses bourreaux froids et implacables debout devant lui.

— Tu m'as achetée, déshonorée, lui dit Rahel, voici ce que j'ai fait, moi ; tu étais mon maître ; un maître, on le trompe ; celui-ci, — elle désignait Schemouïl, — est mon mari ; nous allons être heureux, et toi, tu vas mourir : je t'ai empoisonné, avec son aide ; tu n'as plus que quelques heures à vivre.

A cette épouvantable révélation, Maubert, galvanisé, poussa un cri déchirant, se leva à demi sur son lit et retomba foudroyé. Il avait perdu connaissance.

L'infirmier, entendant cet appel suprême, accourut à la porte, essaya de l'ouvrir, elle résista ; alors il s'élança comme un fou dans l'escalier pour demander de l'aide à Jollivet.

Quand ils revinrent ensemble, la porte céda à leur plus légère pression ; ils entrèrent et trouvèrent Léonce se débattant dans d'atroces convulsions.

Au même moment Schultz et Lacombe arrivèrent.

— Il a dû se passer ici quelque scène terrible, dit, en constatant l'état de Maubert, Schultz les larmes aux yeux ; ceci n'est point naturel ; on a avancé l'heure de sa mort ; à moins d'un miracle, il est perdu.

Il couvrit le malade de réactifs qui n'eurent d'autre résultat que de faire succéder aux convulsions le coma et une complète prostration.

— Nous passerons la nuit ici, dit Lacombe aux deux soldats ; restez dans la chambre à côté afin que nous puissions vous appeler si nous avons besoin de vous.

Dès qu'ils se furent éloignés, le lieutenant de spahis, prenant la lampe et tenant le docteur par la main, le conduisit dans la bibliothèque.

— Tenez, lui dit-il, c'est par là qu'elle venait.

— Ah! répondit Schultz en se baissant pour examiner un objet qui gisait sur le sol, il n'y a pas longtemps qu'elle a quitté Maubert, il y avait sur son lit, tantôt, cette feuille d'*atractylis* qu'elle a dû emporter et qu'elle aura perdue ici.

Lacombe ferma à clef la porte de communication, puis ils rentrèrent dans la chambre de Léonce.

— N'est-il point douloureux de penser qu'un tel crime va demeurer impuni? murmura Schultz à demi-voix.

— Comment!... reprit Lacombe.

— La volonté du commandant supérieur et celle du chef du bureau arabe sont formelles à cet égard, répliqua tristement le docteur; je les ai vus il y a une heure à peine, ils invoquent des considérations politiques insensées et prétendent que la révélation des affaires de ce genre fait un tort immense à la colonie. Dans quelques jours, on se contentera de chasser le juif complice de Rahel, on l'enverra au Maroc ou à Tunis et on lui interdira l'entrée de notre territoire. Quant à elle, on ne peut rien, m'a-t-on dit.

— Mais c'est abominable! dit Lacombe hors de lui.

— Il importe, paraît-il, repartit Schultz, que les indigènes ignorent le plus possible les intrigues des Français avec leurs femmes..... Roy, dans sa lettre, en nous a-t-il pas fait pressentir quelque chose de plus?

— Oui, répondit Lacombe. Ah! docteur, je ne me pardonnerai jamais le maudit conseil que j'ai donné à ce pauvre garçon.

. . . .

. . . .

L'état de Maubert ne fit qu'empirer d'heure

en heure. Il ne reprit point connaissance, mais son agonie fut lente et terrible : il mourut le lendemain, vers quatre heures du soir.

Dès que Roy reçut la lettre de Schultz qui l'informait de la maladie de son successeur, il soupçonna une partie de la vérité, sollicita immédiatement une permission, l'obtint, fit télégraphier sur toute la route qu'on lui préparât des relais à chaque étape, et partit à franc étrier; il voyagea nuit et jour, ne s'arrêtant que pour changer de chevaux; mais il y a cent lieues d'Oran à Aïn-Beïda, et, malgré toute sa diligence, il n'arriva que le lendemain du jour où Maubert avait rendu le dernier soupir.

Il voulut néanmoins le voir et demeura longtemps auprès de son cadavre; puis, mû par une pensée étrange, il gagna la bibliothèque, traversa sans bruit le couloir qui conduisait chez la juive, désireux de savoir à l'insu de celle-ci ce qui se passait chez elle.

13

Or, voici la scène inouïe et imprévue à laquelle il assista :

Schemouïl venait de rentrer, et Rahel le regardait d'un air farouche.

— Rahel, disait le juif, depuis que le chrétien est mort, tu t'enfermes dans un silence que je ne comprends pas; pourquoi ne veux-tu point me parler? Il faut cependant prendre une décision; le bureau arabe me condamne à l'exil sans m'en faire connaître le motif; je dois partir sur-le-champ; tu me suivras, n'est-ce pas? Tu es vengée, nous sommes presque riches, et partout nous pourrons vivre heureux.

— Lâche! misérable! infâme! lui répondit-elle en le foudroyant de l'éclair de son regard, j'ai pu être ta complice, je ne serai jamais ta femme. Tu n'emporteras pas une obole de l'argent du nazaréen, ou je te dénoncerai; demain je le remettrai au consistoire pour qu'il soit distribué aux pauvres, cet or me brûlerait les mains. J'ai dû venger l'honneur

d'Israël, doublement outragé dans ma personne, car je suis de race sacerdotale : j'ai
accompli mon devoir comme je le devais. Tu
as pu croire que je t'aimais, imbécile! Je te
méprise et je te hais! C'est lui qu'il m'a fallu
assassiner, lui que j'adorais, et quand il me
pressait dans ses bras, et que, dédaigneuse et
muette, je demeurais impassible, ses caresses
m'étaient douces, malgré ma conscience irritée, révoltée, et j'avais le paradis dans le
cœur... Oui, je l'aimais pour sa soumission
envers moi, car il était puissant; je l'aimais pour sa tendresse craintive, pour sa
tristesse et son désespoir de ne point se croire
aimé. Ah! il m'en a coûté bien des larmes de
poursuivre ma vengeance jusque sur son lit
de mort, moi qui aurais donné ma vie pour
un de ses regards. Je devais faire ce que j'ai
fait; mais je suis quitte envers Israël, je rede-
viens libre, et je veux mourir. Quant à toi,
maudit, qui m'as livrée par cupidité et par
avarice, fuis et ne reparais jamais devant

mes yeux, ou je te livre à la justice.

Schemouïl sortit accablé sous le poids de cette véhémente malédiction, et Roy, frappé de la sauvage grandeur de Rahel, revint, sans qu'elle se fût doutée de sa présence, s'agenouiller auprès du corps de son ami.

Le jour même des funérailles, après s'être assuré du départ de Schemouïl, qui n'avait point pour excuse de son crime le fanatisme ténébreux de sa complice, Roy reprit la route d'Oran.

Schultz, profondément atteint par la fin tragique de Maubert, auquel il s'était plus attaché qu'il ne le soupçonnait lui-même, s'adonna plus que jamais à l'étude et à l'isolement.

Lacombe, inconsolable du rôle qu'il avait joué dans cette triste aventure, changea bientôt de garnison, et, privé de son mentor, il reprit ses anciennes habitudes et se fit tuer, plus tard, dans une expédition.

FIN.

En vente à la même Librairie

L'Ame de Beethoven, par Pierre COEUR. Un vol. in-18. 2 fr. 50

Dosia, par Henry GRÉVILLE. Un volume in-18. Prix. . . 3 fr.

Dominique, par Eugène FROMENTIN. 2ᵉ *édition*. Un vol. in-18. Prix. . . . . 3 fr. 50

Le Major Frans, scènes de la vie néerlandaise, réduction d'après madame BOSBOOM-TOUSSAINT, par Albert RÉVILLE. Un volume in-18 jésus. Prix. . . . . 2 fr. 50

Les Ménages militaires, par madame Claire DE CHANDENEUX.

— Première série : *La Femme du capitaine Aubépin.* Un volume in-18 jésus. *Deuxième édition.* Prix. . . . . . 2 fr. 50

— Deuxième série : *Les Filles du Colonel.* Un volume in-18 jésus. Prix. . . . . 2 fr. 50

— Troisième série : *Le Mariage du Trésorier.* Un volume in-18 jésus. Prix. . . . . 2 fr. 50

— Quatrième série : *Les deux Femmes du Major.* Un volume in-18 jésus. Prix. . . . . 2 fr. 50

Voyage d'un Jeune Garçon autour du monde, édité par Samuel SMILES, auteur de « *Self-Help* », traduit de l'anglais par madame Charles DESHORTIES DE BEAULIEU. Un volume in-18, orné de gravures et de cartes. 2ᵉ *édition* Prix. . . . . 3 fr.

Voyages, Chasses et Guerres, par le marquis DE COMPIÈGNE. Un volume in-18 jésus. Prix. . . . . 3 fr. 50

Esquisses et Croquis parisiens, par BERNADILLE. Un volume in-18 jésus. Prix. . . . . 0 fr. 50

Lettres à un matérialiste sur la pluralité des mondes habités et sur les questions qui s'y rattachent, par Jules BOITEUX. Un volume in-18. Prix. . . . . 4 fr.

SOUS PRESSE

Berzélius, par Pierre COEUR. Un vol. in-18.

L'Expiation de Savéli, par Henry GRÉVILLE. Un volume in-18.

La Princesse Ogherof, par Henry GRÉVILLE. Un volume in-18.

Les Koumiassine, par Henry GRÉVILLE. Un volume in-18.

Le Lieutenant de Rancy, par madame Claire DE CHANDENEUX. Un volume in-18.

Le Sacrifice de Julia, par M. Ernest BILLAUDEL. Un vol. in-18.

Dans les herbages, par M. Gustave LE VAVASSEUR. Un vol. in-18.

PARIS. TYPOGRAPHIE DE E. PLON ET Cⁱᵉ, RUE GARANCIÈRE, 8.

www.ingramcontent.com/pod-product-compliance
Lightning Source LLC
Chambersburg PA
CBHW061457030726
47503CB00005B/1747